오늘은 당신이 철부지로 살았으면 좋겠어요

박대선 지음

내일을 위해 사느라
오늘이 힘겨운 당신에게

RISE

인스타그램을 통해, 하루 한 시간씩 전화로 무료 상담을 하면서 전해드렸던 위로의 말과 안내의 말을 정리한 책이에요. 듣고 싶은 위로의 말만 적은 책들은 너무 많기에, 성장에 대한 글에 더 비중을 두었어요.

'가볍게 읽을 수 있지만, 결코 가볍지만은 않은 책'

이 책의 전편인《서툰 어른 처방전》에서 가장 많은 독자분들이 해 주신 서평입니다. 이 책도 읽기 편하게 짧은 글 위주로 되어 있지만, 진한 울림이 전달되기를 바라는 마음으로 적었어요.

어떻게 위로하고 사랑해야 하는지
어떻게 소통하고 관계해야 하는지
어떤 게 행복한 삶이고 바르게 사는 길인지

삶에 정답이란 게 없을 수도 있지만, 그래도 지천명(知天命)의 나이까지 사람을 만나고, 안내하며, 겪어온 시간 속에서 어느 정도는 기준이나 방향을 드릴 수 있을 것 같아 이렇게 글을 엮었습니다.

하나의 글에 모든 상황과 내용을 담을 수 없기에, 어떤 글은 잘 이해가 되지 않거나, 생각이 다르게 느끼실 수도 있겠지만, 이 책을 다 읽고 덮으실 때는 마음이 따듯해지고, 삶의 길이 좀 더 명확해져 있기를 바라는 마음으로 집필했습니다.

세상에서 가장 소중한 당신의 삶과 사랑, 그리고 꿈을 응원해요.

감성코치 박대선 드림

제1장 위로

하나, 말 안 한다고 괜찮은 게 아니다

둘, 실패한 당신을 칭찬해요

제2장 관계

하나, 힘든 순간 서로를 더 아프게 했다

둘, 일이 아니라 관계가 힘들어 그만둔다

제3장 사랑

제4장 삶의 지혜

하나, 칭찬은 천둥처럼

둘, 감정에도 길이 있다

셋, 꿈꾸지 않는 이유

제5장 어른

제6장 가족

하나, 세상에서 가장 슬픈 일

둘, 내가 먼저 되어주기

제 1 장

"그 시절을 견뎌내고,
그 세월을 이겨낸
당신을 안아드려요"

위로

하나

말 안 한다고
괜찮은 게 아니다

그래도 삶은 살아진다

삶은 드라마가 아니라
그녀와 헤어진 날 웃기도 하고
엄마가 소천한 날 농담도 한다.

힘들다고 계속 힘들고
아프다고 아무것도 못 한다면
우리가 어찌 여기까지 왔겠는가?

일상은 버겁고
만남은 끝이 있지만

잊기도 하고 웃기도 하며
다 그렇게 지내고 있다.

말 안 한다고 괜찮은 게 아니다

눈물 없는 게 독한 게 아니고
말 안 하는 게 괜찮은 게 아니다.

울지 못하는 슬픔이 더 큰 슬픔이고
말하지 못하는 아픔이 더 큰 아픔이다.

조금 체하면 트림이 나지만
아주 체하면 온몸이 굳어가듯이,

슬픔이 커지고 겹치면
눈물이 나오지 않고

아픔이 쌓이고 쌓이면
말조차 나오지 않는다.

말 안 한다고 괜찮은 게 아니다.

＊＊＊

아픈 데 아픈지도 모르고, 외로운 데 외롭다는 말도 못 하며 감정을 덮고 숨긴 채 삶을 살아가고 있는 사람이 있다면, 무뚝뚝하고 정(情) 안 간다고 말하지 말고 '얼마나 힘들게 살아왔으면 저렇게 되었을까'하고 안쓰럽게 보아주세요.

힘쓰지 않는 삶은 없다

힘쓰지 않는 삶은 없다.

바뀐 게 없다고
힘쓰지 않은 게 아니고

나아진 것 없다고
열심히 살지 않은 게 아니다.

천 번을 넘어지며 걸음을 걸었듯
천 번을 견디면서 한 해를 살았다.

나아진 것 없이 나이만 먹고
남은 것도 없이 시간만 흘러

남이 보면 초라해 보이는 삶일지라도
힘쓰지 않는 삶은 없다.

힘을 써도 안 될 때가 있고
열심히 살아도 안 풀릴 때가 있으니

그 누구도 함부로 평가하지 말아라.
힘쓰지 않는 삶은 없다.

***

십 년을 일하고도 석 달 생활비 저축하기도 힘든 게 많은 사람의 현실이고, 남들 보기에 평범하게 사는 게 기적처럼 힘든 세상이라 하니, 뭐 하나 나아진 게 없이 세월만 흘러간 것 같아도 이 시간까지 버텨온 우리 자신을 인정하고 칭찬해 주어요.

당신을 안아드립니다

열 번은 딴생각을 하고
백 번은 이혼했을 그 삶을
견뎌온 당신을 안아드립니다.

사랑조차 일이었고
고민조차 사치였으며

방황은 생각할 틈도 없이 사셨던
당신을 안아 드립니다.

그 시절을 견뎌내고
그 세월을 이겨낸
당신을 안아 드립니다.

***

우리 부모님의 삶을 살아내라면 저도 살아낼 자신이 없듯이, 우리의 삶을 아이들에게 살아내라면 살아낼 아이가 거의 없을 거예요. 그만큼 나이가 들었다는 건, 더 많은 아픔을 당연하게 받아들였다는 것이니, 견뎌낸 세월만큼 내 마음을 더 많이 안아주세요.

자책하지 말라

자책하지 말라.
네가 잘못해서 잘못된 게 아니고
네가 그런 운명이라 잘못된 것도 아니다.

그저 그런 때일 뿐이다.

어찌 바람 부는 게, 네 탓이겠느냐.
어찌 바람이 365일 불겠느냐.

자만하지 말라.
네가 잘해서 잘된 게 아니고
네가 그런 운명이라 잘된 것도 아니다.

그저 그런 때일 뿐이다.

어찌 햇볕 따듯한 게 네 덕이겠느냐.

어찌 햇볕이 365일 따듯하겠느냐.

주저앉지도 안주하지도 말라.

해가 뜰 날, 멋 낼 선글라스도 챙기고
해가 질 날, 걸칠 외투도 준비하며
그저 나의 길을 살피고 걸어라.

* * *

요즘 많이 힘드시고 앞길이 보이지 않아 막막하세요? 생각해 보면 예전에도 이런 일들이 참 많았는데 잘 지나왔을 거예요. 지나고 나면 별일 아니고, 어찌 지나고 나면 언제 그랬냐는 듯이 좋은 일이 생길 테니, 누구도 탓하지 말고 그냥 밤이 온 거고, 다시 아침이 오겠거니 마음 편하게 생각해 주세요.

받침이 되어준 당신

온 세상이
나를 향해 덤비는 날

내 편 하나 없고
내 맘 알아주는 사람 하나 없다고
원망하고 절망하는 날

바닥에 쓰러진 줄 알았는데
받침이 되어준 사람이 있었다.

너무 내 편이 당연해서
내 편이라 생각하지 못한 당신,

당신이 있어 나는
또 한 번의 겨울을 이겨낸다.

나라도 나에게 너그러워야 한다

세상이 나를 힘들게 하고
사람이 나를 아프게 할 때
나라도 나에게 너그러워야 한다.

누구나 이런 실수를 하고
누구나 이런 때를 겪으니
기죽지 말고 탓하지 마라.

나라도 나에게 너그러워야 한다.

잘사는 당신이 안쓰럽다

잘사는 당신이 안쓰럽다.

정말 부러울 것 없이
완벽해 보이는 그 모습에
얼마나 지킬 게 많았을지
얼마나 지키기 위해 애썼을지
느껴지기 때문이다.

어린 시절 딴눈 한번 안 팔고
어른 되어 책임 하나 놓지 않으며
견뎌왔을 무게를 알기 때문이다.

어느 누가 샛길로 가고 싶은 유혹이 없었고
어느 누가 내려놓고 싶은 순간이 없었을까?

그렇게 가까스로 잘살고 있는 당신이 안쓰럽다.

***

주변에 흐트러짐 없이 잘 버티며 사는 어른이나 친구가 있다면, 재수 없다고 하지 말고 '지키며 사느라 참 힘들었겠다'라고 해 주세요. 그게 자신이라면 더 칭찬해 주세요. 잘했다고, 대단하다고 칭찬해 주세요.

위로

너무 다치고 아파서 함부로 말을 건네기도, 꺼내기도 어려운 순간, 너는 나를 눈치 보지 않아 편했고, 나는 너를 신경 쓰지 않아 좋았다. 애써 어색한 말로 위로하려 하지 않고 아무렇지 않게 농담을 던져주어 좋았다.

편하지만 함부로 하지 않는 너의 말에 말하기도 힘들고 들추기도 아픈 일을, 덤덤하게 꺼낼 수 있어 좋았다. 그렇게 일상과 아픔을 풀어내며, 언제 맞은 줄도 모르는 주사처럼 편해지는 게 마법 같았다.

답을 몰라서가 아니라, 길을 몰라서가 아니라, 그저 짊어진 짐이 많고 힘이 버거운 순간, 그렇게 내 말을 들어주고 짐을 내려주어 참 고마웠다.

그게 위로였다.

마음은 흙투성이

마음은
놀이터에 보낸 어린애 같아서

아침에 뽀얗게 보내도
저녁이 되면 흙투성이가 된다.

잘 노는 것 같아 혼자 두면
어딘가 깨져서 온다.

연날리기

인생은 연을 날리는 것과 같았다.

좋은 바람이 부는 날보다
계속해서 달려야 하는 날이 많았다.

수십 년을 달렸어도 한숨을 돌리면
땅으로 떨어졌다.

비가 쏟아져 날릴 엄두도
못 내는 날도 많았다.

이해한다고 말하지 말라

이해한다고 말하지 말라

툭하면 우는 아이가
울지 못하는 엄마의 버거움을
어찌 알겠는가?

모든 걸 재잘대는 아이가
말할 곳 하나 없는 아버지의 외로움을
어찌 알겠는가?

괜찮다는 건

넘어지지 않은 사람에게
괜찮냐고 묻지 않는다.

괜찮냐고 물어보는 건
이미 넘어졌다는 것.

괜찮다고 말하는 건
사실은 괜찮을 리 없다는 것.

괜찮다고 말하는 건
괜찮고 싶어서 노력한다는 것.

***

나 자신에게 마음이 담긴 위로 문자를 보내주세요. 누군가에게 받으면 눈물 나고 힘이 날 문자를 내가 직접 나에게 보내주세요. 내가 나를 챙기는 연습입니다.

'그동안 많이 힘들었지?'

'정말 수고했어.'

'더 살펴주지 못해 미안해.'

'잘 버텨 줘서 고마워.'

'더 아끼고 사랑해 줄게.'

세상을 탓하고 싶다

다른 사람들은 참 편하게 생활하는데
난 하루도 편한 날이 없고,
다른 사람들은 참 쉽게 일하는데
난 하루도 쉬운 날이 없으며,
다른 사람들은 힘들 때 손 벌리며 살기도 하는데
난 손 벌릴 사람 없이 손 내미는 사람만 가득하다.

열심히 살았으니 누리며 살아야 하는데
여전히 한달 한달이 빠듯하고,
나이가 들었으니 내려놓을 만도 한데
걱정 하나에 밤을 뒤척인다.

아침이면 굳은 입술을 애써 올리겠지만,
지금은 왜 나한테만 이러냐고 세상을 탓하고 싶다.

***

긍정적으로 세상을 바라보고 감사로 하루를 시작하지만, 가끔은 이런 감정들이 올라올 때는 억지로 덮지 말고 충분히 만나 주어야 해요. 욕도 해보고, 탓도 해보고, 원망도 해보고 그렇게 다 토하듯 비워야 해요.

이런 말이나 마음이 어색한 분일수록 마음 안에 더 쌓여 있을 수 있으니 불편해도 이런 표현을 연습해 보셔야 해요. 그렇게 만나주면 더 개운해지고 다시 시작할 힘이 솟아나실 거예요.

마음에 구멍 하나 뚫어라

찢기는 마음에

구멍 하나 뚫어라.

현수막에 구멍 하나가

찢기는 걸 막지 않았느냐?

터질 것 같은 마음에

구멍 하나 뚫어라.

뚜껑에 구멍 하나가

터지는 걸 막지 않았느냐?

"그럴 수도 있지" 구멍 하나가

네 마음을 살릴 수 있지 않겠느냐?

우울은 잠처럼 누구에게나 온다

잘 지내고 있다가
갑자기 우울해질 때

겁내거나 피하지 말고
그냥 편히 우울해라.

우울은 잠처럼 누구에게나 온다.

잠을 이기려다 몸을 망치고
우울을 이기려다 마음을 망치니

잠이 오면 잘 자면 되고
우울이 오면 잘 우울하면 된다.

그렇게 푹 우울하고 일어나
새로운 날을 맞이하면 된다.

우울은 허기 같은 거야

우울은 급한 일을 끝낸 후에
확 밀려오는 허기 같은 거야.

급해서 힘든지도 몰랐고
바빠서 챙기지도 못했던
속상함이 밀려오는 거야.

달릴 땐 아픈지도 몰랐는데
멈춰 서니 이제 아파오는 거야.

그래서 하루를 끝낸 저녁에 우울이 찾아오고
그래서 아이를 다 키운 중년에 우울이 찾아오는 거야.

못 놀았던 거 실컷 놀고
못 받은 사랑 듬뿍 주고

말하지 못했던 말 마구하고

참았던 화 풀어달라는 거야.

＊＊＊

더 바쁠 때도 잘 버텼고, 더 힘든 일이 있을 때도 웃음을 잃지 않았는데, 요즘 짜증을 잘 내고 좀처럼 웃지 않는 사람이 있다면 그 사람이 변해서가 아니라, 밀린 허기와 피로가 이제 몰려오는 거예요.

그러니까 정성을 다해 마음을 알아주고 챙겨주세요. 그게 자신이라면 스스로 더 잘 챙겨주세요. 잘 쉬어야 잘 일할 수 있으니 조급하게 생각 말고 여유롭게 기다려주세요.

우울은 굽어진 허리

슬픔은 무거운 걸 드느라
허리가 잠시 숙어진 것이고

우울은 너무 오래 들어서
허리가 완전히 굽어진 것이다.

숙어진 허리는 펴면 되지만
굽어진 허리는 펴지지 않는다.

그냥 걷는 것도 힘들다가
가만히 있어도 쑤시게 된다.

의지가 약해서가 아니라
지치고 다쳐서 오는 병이다.

둘

실패한 당신을 칭찬해요

안쓰러운 사람

어느 날,

싫은 걸 싫다고 말하는걸

눈치 보게 되고

좋은 걸 좋다고 말하는걸

주저하게 되면서

마음이 굳어져 갔다.

참았던 만큼 마음은 쌓여갔고

힘들었던 만큼 감정은 막혔으며

지난 시간만큼 단단히 굳어져 갔다.

요즘 애들은 참을 줄도 모른다며 혀를 찼는데

뭘 해도 답답하고, 누굴 만나도 기쁘지 않은 요즘,

누가 안쓰러운 사람인지 생각하게 되었다.

***

꼭 하고 싶은데 미루고 있었던 말을 용기 내어 잘 전해 보세요. 세상의 후회는 해 보고 난 후의 실수 때문이 아니라, 하지 않은 일 때문에 생긴다고 하잖아요. 좋은 말이든 조금 불편한 말이든 미루지 말고 잘 정리해서 말해 보세요. 마음을 잘 표현해야 건강한 관계를 오래 유지할 수 있으니까요.

이게 난데

어른이란 이름으로
참고 살다 보니

쉬는 게 불안하고
노는 게 어색하고
감정을 드러내는 게
어려워졌다.

그게 성격인 줄 알았다.
그게 성격이 되어 버렸다.

이제는 좀 괜찮나 싶어
말 한마디 했더니 갱년기라 한다.

원래 이게 난데.

오늘은 철부지로 살았으면 좋겠어요

오늘은 당신이 철부지로 살았으면 좋겠어요.
잔소리 한번 들은 적 없이 곱게 자라서
남의 눈치는 볼 줄 모르는
철부지였으면 좋겠어요.

조용한 카페에서 너무 크게 웃어
남들이 다 쳐다봐도 아랑곳하지 않고
푼수처럼 더 크게 웃었으면 좋겠고,
집안일을 쌓아 두고도 친구 전화에
고민 하나 없이 신나게 놀러 나가는
철부지였으면 좋겠어요.

월급이 얼만지, 물건값이 얼만지도 모르고
사고 싶은 건 일단 담고,
좋아하는 친구에게 선물도 막 퍼주면 좋겠고,
한밤중에 여행 방송 보다가 가고 싶은 곳에

바로 다음 날 떠나는
철부지였으면 좋겠어요.

애들이 어떻게 지내는지
어른들은 어떻게 사시는지 신경 하나도 안 쓰고,
좋아하는 연예인 브로마이드도 붙이고,
콘서트도 쫓아다니는
철부지였으면 좋겠어요.

남들이 힘들어하든 말든
당신이 힘들면 하던 일 때려치우면서
'나는 못 한다'고 땡깡 부리는 철부지였으면 좋겠고,
남은 음식은 쳐다보지 않고
어제 과일은 신경도 안 쓰면서
더 맛난 거만 쏙 빼먹는
얄미운 철부지였으면 좋겠어요.

너무 일찍 철이 들어서

이렇게 살지 못했던 당신이

하루만 이렇게 사는 걸 본다면,

나는 너무 기뻐 눈물이 날 거예요.

나는 더 이상 소원이 없을 거예요.

＊＊＊

희생하고, 배려하고, 눈치 보는 게 삶으로 굳어진 어른들이 남은 삶의 며칠이라도 이렇게 지내시길 기도하는 마음으로 적었어요. 그런 사람이 당신이라면, 자신을 위해 어색해도 이렇게 철부지로 살아보시길 바라요.

상처란 이름표

아프게 이별했다고
상처가 되는 건 아니고

힘들어 포기했다고
실패가 되는 건 아니야.

사랑했고 사랑받았다면 추억이고
노력했고 배웠다면 경험인 거야.

상처라는 건, 실패라는 건
누가 정해주는 이름표가 아니라

내가 나에게 벌을 줄 때
붙여주는 이름표인 거야.

실패한 당신을 칭찬해요

사랑에 실패한 당신을 칭찬해요.
취업에 실패한 당신도 칭찬하고
직장에 적응 못 한 당신도 칭찬해요.

다이어트 포기한 것도 정말 잘한 일이고
관계가 틀어진 것도 정말 잘한 일이에요.

실패했다는 건 시도했다는 것이니
그 용기만으로 칭찬받아 마땅해요.

실패가 두려워 꼼짝 안 하는 바보들의
비난 따위는 신경 쓰지 말아요.

지금은 힘쓰고 수고한 당신을 안아줄 때예요.

빈틈을 보여줘

완벽해지려 하지 마.

완벽은 자신에게 혹독하고
이웃에게 틈을 주지 않는 거야.

실수해서 기대고
울어서 안겨도 봐야 해.

옆에서 편할 수 있고
다가가서 도와줄 수 있게 빈틈을 보여줘.

날개도 틈이 있어야 부러지지 않고
벽돌도 틈이 있어야 무너지지 않는 거야.

* * *

힘들다는 말도 하고, 실수도 하고, 울어도 주세요. 그래야 나도 쉬고, 주변 사람도 나와 함께 있을 때 편하게 지낼 수 있어요. 오늘은 그렇게 친한 사람에게 기대보고 위로도 받아 보시길 바라요. 평소에 위로해 주고 상담만 해주던 사람이라면 더욱더 꼭 한번 해 보세요. 그분들이 엄청나게 좋아하실 거예요.

이제 그만 내려놓아요

버틸 힘도 없는데 붙잡지 말고
좋아질 일 없는데 미련 갖지 말고

여태껏 충분히 애썼고
지금껏 충분히 아팠으니
이제 그만 내려놓아요.

인연도 미련도 그만 내려놓아요.

돈 없다고 죽지 않고
외롭다고 죽지 않으니
두려워 말고 이제 그만 내려놓아요.

겨울이 지나면 다시 봄은 올 테니
떨어지는 낙엽을 붙잡지 말아요.

기대도 돼

지갑에 여유가 없다면
"네가 밥 좀 사"라고 말하고
마음에 여유가 없다면
"네가 좀 들어줘"라고 말해라.

나만 밥 사다 보면
어느 날 피하게 되고
나만 들어주다 보면
어느 날 지치게 된다.

그들은 점쟁이가 아니다.

알아주길 바라며 말하지 않는 건
그에게 기회를 빼앗는 일이고
서로를 멀게 하는 일이다.

아무것도 안 해도 돼

일 안 해도 돼.

공부하지 않아도 돼.

친절하지 않아도 돼.

아무것도 안 해도 돼.

욕해도 돼.

헤어져도 돼.

막살아도 돼.

뭘 해도 돼.

넌 그래도 돼.

무음 전화

너의 상처에
무뎌진 마음은
무음 전화 같다.

울려도 울려도
들리지 않는다.

아파도 아파도
아픈 줄 모른다.

힘든 날 해주는 말

어차피 놓고 갈 거
조금 더 빨리 놓는 것일 뿐이고

어차피 헤어질 거
조금 더 빨리 헤어지는 것일 뿐,

어제까지 충분히 아팠고
오늘 하루 충분히 힘들었으니

내일의 걱정은
내일의 나에게 맡기고

지금은 그냥 쉬어도 돼.
오늘은 그래도 돼.

다시 시작하는 시간

몸이 힘든 시간은
생각을 내려놓게 했고

마음이 힘든 시간은
욕심을 내려놓게 했다.

그렇게 힘든 시간은
무엇인가 내려놓고
다시 시작할 수 있는 시간이었다.

그만두는 건 언제든 할 수 있으니

힘들고 지쳐서

더 이상 버틸 수 없다고 생각될 때

해야 할 이유가 있다면

한 번만 다시 일어나요.

그만두는 건 언제든 할 수 있으니

한 번만 다시 일어나요.

그 한 번이 쌓여 기적을 만들 거예요.

자기밖에 모르는 사람처럼

생각이 아닌
느낌이 가는 대로
남의 눈치는 본 적 없는 사람처럼

자기밖에 모른다는 욕을
응원이라 여기며

좋아하는 것만 하고
하고 싶은 말 다 하며

저것이 드디어
미쳤다는 말을 듣는 날,

그날이 나에게 빚 갚은 날,
그날은 나를 안아주는 날.

제 2 장

"서로 다른 나를
알아주길 바라듯,
서로 다른 그를 알아주세요"

관계

하나

힘든 순간
서로를 더 아프게 했다

누군가를 미워하는 건

누군가를 미워하는 건
내 마음을 백 개의 가시로 채우고
그중 하나로 상대를 찌르는 것이고

누군가에게 화를 내는 건
내 마음을 천 개의 불로 태우고
그중 하나로 상대를 태우는 것이며,

누군가를 사랑하는 건
내 마음에 만 개의 꽃을 피우고
그 꽃 하나를 상대에게 주는 것이다.

감정은 전하기 전에 넘치게 채워진다.

힘든 순간 서로를 더 아프게 했다

아프고 힘든 순간에
서로를 더 아프게 했다.

내 아픔을 보아달라고
서로를 더 아프게 했다.

약한 사람끼리 더 괴롭히고
힘든 사람끼리 더 힘들게 했다.

그것이 살면서 가장 아프고
후회되는 일이었다.

* * *

아침에 아내와 이야기를 나누며 문득 떠오른 생각에 미안한 마음이 들었어요. 아내에게 가장 모질게 대했을 때가 생각났었거든요. 돌아보면 서로가 가장 힘들어 가장 안아주어야 할 시기에 서로에게 가장 모질 게 대했네요. 미안하기도 아프기도 했어요. 혹시, 지금 내가 누군가와 마찰이 있다면 서로 힘들어 안아주어야 할 사이인지 살펴봐 주세요.

유리를 휘는 방법

엿도 차가울 때는 부러지고
유리도 뜨거울 때는 휘어진다.

혹시나 상대를 고치려거든
가장 행복한 시간에
가장 따듯하게 말해라.

다툴 때 잔소리하고
싸울 때 지적하는 건
부러지자고 작정한 거다.

사소한 것

사소한 일로 싸웠다면
사소한 것까지 챙기는
소중한 사이입니다.

사소한 것을 나누는 사람을
사소하게 대하지 말아주세요.

사소한 것이 모여 우리의 삶이 되고
사소한 행동이 모여 인격이 됩니다.

오래된 것

오래된 친구

오래된 물건

늘 내 곁에 있고

늘 그곳에 있는

헌것의 편안함이 좋다.

나도 이제 헌것이 되고 있나 보다.

지갑을 주어라

강도가 칼을 내밀면
싸우지 말고 지갑을 주고

또라이가 시비를 걸면
다투지 말고 져주어라.

지키는 게 이기는 게 아니라
지나가는 게 이기는 거다.

진짜 지켜야 할 건
지갑이 아니라 내 몸이고
자존심이 아니라 내 마음이다.

지랄 총량 불변의 법칙

어딜 가도 꼭 있다.
그런 놈은 꼭 있다.

이놈이 지나가면
저놈이 나타난다.

모든 지랄을 피할 수도 없고
모든 지랄과 싸울 수도 없으니

옆 차에서 짖는 개를 보듯
그러려니 웃어줘라.

지랄은 올해도 풍년이네,
한 번 더 웃어줘라.

혼자 잘 지내는 사람이 같이 잘 지낸다

혼자 잘 지내는 사람이
같이 잘 지내는 사람이다.

혼자가 힘들어 시작한 사랑은
상대를 힘들게 하고

혼자가 외로워 시작한 사랑은
상대를 지치게 한다.

혼자 잘 지내는 사랑이
서로 잘 지내는 사랑이 된다.

외로운 혼자가 좋다

지치는 사랑보다
외로운 혼자가 행복하고

북적한 회식보다
쓸쓸한 '혼밥'이 편하다.

외롭다고 속상해 말고
혼자라고 안쓰러워 말아라.

숙제처럼 만나고
일처럼 사랑하며

혼자를 그리워하고
혼자를 꿈꾸는
수많은 사랑이 있다.

마음 건강 확인법

몸 건강은 굶어보면 알게 되고
마음 건강은 외로울 때 알게 된다.

한 끼 굶는 걸 견디지 못한다면
몸이 건강하지 않다는 것이고

혼자 있는 걸 견디지 못한다면
마음이 건강하지 않다는 것이다.

꼭 필요한 음식이지만
거리를 둘 줄 알아야
몸이 건강한 법이고

꼭 필요한 관계이지만
거리를 둘 줄 알아야
마음이 건강한 법이다.

예민한 건 다쳐서 그런 거야

작은 비난에도 예민한 건
네가 다친 사람이라 그렇고

비난 따위 신경 안 쓰는 건
네가 받은 사랑이 넘쳐서다.

다친 사람은 일어서려 노력하고
받은 사람은 잡아주려 노력해야 한다.

기회

누군가
변하기를 바란다면

기대 말고
기다리며
기회를 줘요.

기대하면 상처받고
기회마저 주지 않으면
후회할 테니까요.

거리를 지키라는 건

소중한 사람과 거리를 지키라는 건
마음을 덜 주라는 게 아니라
마음을 더 주라는 거야.

배려라는 마음을 더 해서
상대를 존중해 달라는 거야.

아무 때나 전화하고 싶어도
기다려주고

아무 말이나 편하게 하고 싶어도
가려서 해주고

다른 생각을 고쳐주고 싶어도
인정해 주라는 거야.

그래서 가까운 사이라도

소중한 사람이라면

거리를 지키라는 거야.

이렇게 다른 너인데

너는 '제발 말 좀 하라'고 화내고
나는 '제발 화 좀 내지 말라'고 화낸다.

힘들 때 짜증 내는 사람은 '들어 달라'는 사람이고
힘들 때 말이 없는 사람은 '안아 달라'는 사람이다.

싸울 때 자리를 피하는 사람은
혼자 있어야 정리가 되는 사람이고,
싸울 때 끝을 보려는 사람은
같이 있어야 정리가 되는 사람이다.

힘들고 싸운다는 건
거리가 멀어져 소리가 안 들리고
빛이 없어 서로를 보지 못한다는 것이다.

멀어졌으니 한발씩 다가가야 하고

빛이 없으니 해 뜨길 기다려야 한다.

서로 다른 나를 알아주길 바라듯
서로 다른 그를 알아주어야 한다.

예의를 지키면 나를 못 지킨다

순하고 순한 기린도 자신의 영역을 침범하면
사자도 죽일 만큼 강력한 뒷발차기를 합니다.

나를 지키고 사랑하는 사람을 지키기 위해서는
참을 수 있어도 부딪히고 화를 내서
일부러 거리를 두어야 할 때가 있습니다.

그러지 못하고 무례한 사람에게조차 예의를 지키는 건
도둑에게 과일을 준비하는 것입니다.

처음에 도둑이 온 건 당신 탓이 아닐지 몰라도
도둑이 계속 온다면 당신이 준 과일이 맛있어서입니다.

밑바닥을 보았다면

민낯을 보고 사는 사이가
밑바닥을 보는 사이가 되었다면

노력하거나 헤어지거나
지금 이대로는 아니라는 신호이다.

또라이

열 마디 잔소리하면서
한마디 잔소리 참지 못하고,

늘 화를 내면서
한번 화내면 불같이 싸운다.

나에겐 관대하고
남에겐 폭발하는 너는
그냥 또라이다.

곱씹는 마음이 문제

잔소리가 문제가 아니라
곱씹는 마음이 문제다.

자극이 문제가 아니라
반응이 문제를 만든다.

반응하지 말고 흘려보내라.

맑은 물보다 구정물이 많은 세상,
가두지 말고 흘려보내라.

잔소리

잔소리한다고 공부했으면
모두 서울대에 갔을 거고,
잔소리한다고 운동했으면
모두 이효리가 됐을 거고,
잔소리한다고 끊었으면
담배회사는 망했을 거다.

잔소리해서 하는 애는 어차피 할 애였고,
잔소리해서 안 하는 애는 뭘 해도 안 할 애다.
스스로 잘할 것을 억지로 하게 만들고,
어차피 안 할 것을 상처만 주는 게 잔소리니
그래도 하려거든 '별다방' 쿠폰처럼
열 번에 한 장만 사용해라.

상대를 바꾼다는 건

자신을 바꾸는 건
왼손으로 화장하는 것이라
성공하기 힘들고

상대를 바꾸는 건
거울 없이 화장하는 것이라
안 하는 게 낫다.

누가 델꼬 사나

저런 사람 누가 델꼬 사나 해도
좋다고 같이 사는 사람 있고

저런 사람 짝은 무슨 복인가 했더니
네가 델꼬 살아보라 한다.

단점은 장점의 그림자라
그림자를 봤다면 장점도 있다는 거고
장점을 봤다면 그림자도 있을 것이니

잠깐을 보고 나쁜 사람이라 말하지 말고
몇 번을 보고 좋은 사람이라 말하지 마라.

밥 먹을래? 화장할래?

외출 5분 전,

밥 먹을래? 화장할래?

남에게 보이는 모습도 중요하지만

네 속을 챙기며 지냈으면 좋겠다.

김밥 먹으며 화장하든가

남들 시선 신경 쓰지 말고

속만 든든하게 챙겼으면 좋겠다.

넌 '생얼'도 예쁘니까.

망치질

원하지 않는데
그 사람을 고치려는 건
아무리 친절해도 망치질이다.

얼마나 많은 사람이
상대에게 망치질하면서
자신이 애쓰고 있다고 말하는가?

***

누군가를 고치려 하는 마음은 아무리 친절하게 연기해도 서로가 다 느끼게 됩니다. 원하지 않는 그런 친절은 베푸는 사람도 힘들지만, 받는 사람에게는 스스로 할 기회를 빼앗고 숨 막히게 합니다. 답답해도 기다려주고, 마음에 안 들어도 있는 그대로를 보아주는 연습을 하는 게 서로를 위한 선물입니다.

둘

일이 아니라 관계가 힘들어 그만둔다

복수란

복수란

그에게 냄새 묻히려
내 몸에 똥칠하는 일이고

언젠가 한방 찌르려
선인장을 안고 사는 일이다.

불편해도 기다려야 해

잘못을 했으면 불편하게 기다릴 줄 알아야 한다. 상대를 불편하게 해 놓고 불편한 게 싫어서 빨리 사과를 받아달라고 하는 건, 휴대폰 꺼놓고 연락되지 않는다고 화내는 것과 같다.

불편한 게 힘들어서 빨리 풀고 싶겠지만, 상대는 갑작스러운 충격에 더 불편하고 힘든 시간을 보내고 있으니, 잘못을 했으면 불편한 시간을 참으며 사과를 받아줄 때까지 기다릴 수 있어야 한다.

가까운 사람 대하는 모습이 인격

가까운 사람을 대하는 모습에서
진짜 인격이 나타난다.

편하고 긴 시간을 함께하니
진짜 인격이 드러난다.

가장 가까운 사람에게
가장 많이 하는 말과 행동이

그 사람의 마음이고
그 사람의 인격이다.

그러니
친구에게 인정받았다면 진짜고
가족에게 인정받는다면 최고다.

편한 사람이 나를 나답게 한다

편한 사람이 나를 나답게 한다. 있는 그대로 말하게 하고 가진 그대로 보여주게 되고 힘든 그대로 기대게 된다. 다른 사람 앞에서는 말도 일 같은데 그 사람과는 몇 시간을 있어도 할 말이 많고, 혼자선 이십 분도 힘들었던 산책이 두 시간을 해도 재미있다.

어떤 날은 '미생' 같은 직장 이야기가 흥미롭고 어떤 날은 '금쪽이' 같은 아이들 이야기가 궁금하고 어떤 날은 '사랑과 전쟁' 같은 사랑 이야기가 기다려지기도 한다.

편한 사이라고 가벼운 이야기만 하는 게 아니라서 좋다. 다른 사람에게 들었으면 잔소리로 느껴져 짜증 냈을 말이 좋은 자극이 되어 나를 돌아보게 하고, 다른 사람이 했으면 빈말처럼 느껴져 넘겼을 응원이 진심으로 느껴져 힘을 내게 한다.

나만 편하면 빚진 거 같을 텐데, 그 사람도 하루를 말할 때는 신나서 십 분 동안 혼자 얘기도 하고, 장난칠 땐 아이같이 짓궂기도 하며, 아플 땐 나지막이 울기도 하니 부담이 없어 참 좋다.

설레는 불편함보다 편안한 따듯함이 더 좋다. 편안한 사람이 나를 나답게 한다.

오해하면 그만이다

이해하면 다행이고
오해하면 그만이다.

꽃도 버리는 사람이 있고
풀도 간직하는 사람이 있다.

비평도 감사하는 사람이 있고
칭찬도 의심하는 사람이 있다.

내가 준 게 꽃이라면, 이해하며 간직하든,
오해하며 욕을 하든, 그 사람의 몫이다.

나는 가마니가 아니다

참을 수 있다고
안 아픈 게 아니고

견딜 수 있다고
안 힘든 게 아니다.

말해도 알아줄 사람 없어
말하지 않을 뿐,

아프고 힘든걸
즐기는 사람은 없으니

네 작은 짐마저
나에게 올릴 생각 말아라.

마음은 나라다

마음은 나라다.

영토를 침범해도
군인이 도망치면
그들 나라가 되듯

마음을 침범해도
불편해 도망치면
지들이 잘한 줄 안다.

마음은 나라다.

싸울 땐 전사처럼
품을 땐 천사처럼
마음을 지켜야 한다.

솔직한 게 죄

솔직하다고 당당한 게 아니다.

기미가 없어도 화장해야 할 때가 있고
자신이 있어도 가려야 할 데가 있다.

회의실에서 비키니 입고 당당하면
어쩌란 말이냐!

일곱 살

욕을 해서

욕을 먹었다고?

상처 줘서

상처받았다고?

누가 준다고

다 먹는 건

일곱 살까지다.

진심은 삼세번

틀어지고
벌어지고
식었다면

한 번 하고 포기 말고
두 번 하고 생색 말고
삼세번은 말해주세요.

한번 하면 '웬일이래' 하고
두 번 하면 '저러다 말겠지' 하고
삼세번을 해야 진심이 전해집니다.

처음 사귈 때처럼
남에게 하는 것처럼
마음을 다해 주세요.

자꾸 하면 바보

똑같이 행동하며
이번엔 이해해 주길 바라고

똑같이 짜증 내며
이번엔 받아주길 바란다면

틀린 번호를 계속 누르는 바보다.

그게 네 성격

북경반점이라고 붙여놓고
초밥 팔면 중국집인가?

순한 사람이라며
자꾸 화를 내면
순한 사람인가?

주변 사람 때문에
어쩔 수 없었다면
과연 그의 탓인가?

관계는 음식과 같아요

관계를 잘한다는 건 누구나와 늘 잘 지내는 게 아니에요. 관계는 음식과 같아요. 보약도 나랑 안 맞으면 먹지 말아야 하듯, 남들이 좋다고 이야기하는 사람도 나랑 안 맞으면 적당한 거리를 두는 게 관계를 잘하는 것이고, 좋아하던 음식도 체했을 땐 조금만 먹어야 하듯, 그렇게 즐거웠던 친구와의 수다가 힘들게 느껴지는 날에는 먼저 일어나 혼자 걸을 줄도 아는 게 관계를 잘하는 거예요.

관계는 음식과 같아 골고루 먹는 게 좋지만, 유통기한이 지나고 상한 건 눈 딱 감고 버릴 줄 알아야 해요. 냉장고를 생각해 봐요. 아깝다고 저번 달 배달 음식 꽁꽁 싸 놓아서 저번 주에 사 놓은 과일이 있는지도 몰랐잖아요. 미안하고 아쉽다고 보내지 못하면 지금의 관계에 집중할 수 없게 되니 정리할 관계는 빨리 끊어내는 게 관계를 잘하는 거예요.

관계는 음식과 같아서 사람마다 소화할 수 있는 양도 달라요.

그래서, 자신에게 맞는 만남의 수를 갖는 게 잘하는 거예요. 누구는 라면 두 개에 밥 말아 먹어도 부족하듯 이 사람 저 모임 찾아다니고, 누구는 샐러드 한 그릇에 배부르듯, 친한 친구 한 명이면 충분한 사람도 있는 거예요.

또, 관계는 음식과 같아서 좋아하는 것만 먹고, 입에 안 맞는다고 다 뱉으면 안 되는 거예요. 입에 달아도 참지 않으면 몸이 망가지니, 즐겁고 재미있는 관계도 멀리할 줄 알아야 하고, 불편하고 안 맞아도 도움이 되는 관계는 힘을 써서 이어나가야 하는 거예요.

몸은 음식이 살리고, 마음은 관계가 살리니, 관계는 음식과 같이 늘 살피고 관리해야 해요.

허물없는 사람은 없다

감추고 숨길 뿐이지
허물없는 사람이 어디에 있고

더 하고 덜할 뿐이지
잘못 없는 사람이 어디에 있겠는가?

가장 모르는 사람은
지가 다 안다는 사람이요.

가장 모자란 사람은
지가 완벽한다는 사람이다.

어중간도 선택이다

만날까 정리할까 고민될 때
어중간한 것도 선택이다.

네 건강도 어중간하고
네 살림도 어중간하며
네 성격도 어중간하지 않으냐.

삶은 어중간한 것투성이니
분명해질 때까지 기다려라.

내가 남긴 흔적

참 좋은 집을 샀는데
살기 싫은 집이 되었다면
누구의 잘못이겠는가?

참 좋은 사람이었는데
보기 싫은 사람이 되었다면
누구의 잘못이겠는가?

잘못 쓰고 건축업자 탓 말고
잘못해 주고 성격 탓하지 말라.

보기 싫은 모습이 생겼다면
그건 네가 남긴 흔적이다.

선수는 심판이 될 수 없으니

싸울 때 몰랐던 걸
헤어지면 알게 되고
어렸을 때 몰랐던 걸
어른 되면 알게 된다.

내가 할 때 몰랐던 걸
남이 하면 알게 된다.

확신이 가득하고
마음이 차올라도
선수는 올바른
심판이 될 수 없으니

중요한 선택은
시간을 두고 결정하고
거리를 두고 판단해라.

그만 놓아주세요

감당 못 할 인연은
욕심으로 시작해서
집착만이 남게 되니

맞지 않는 신발은
예뻐도 벗어야 하고

맘에 드는 옷도
비싸면 내려놔야 한다.

* * *

상담하다 보면 환경이 너무 다르고, 성격이 너무 다르고, 나이가 심하게 차이가 나는 상대와 힘겹게 관계를 유지하시는 분들을 만나게 됩니다. 오래 가면 집착과 상처만 더 커지는 관계인데도 내려놓지 못해서 힘들어하지요. 상처밖에 없는 인연이라면 지금 당장 내려놓으세요. 내려놓으면 억지로 맞추고 노력하지 않아도 지금 있는 그대로의 나를 사랑해 줄 인연이 기다리고 있을 거예요.

배신

산 없는 산사태가 있을 리 없고
물 없는 물난리가 있을 리 없다.

믿었던 만큼 쌓인 산이 무너지는 거고
주었던 만큼 넓은 강이 무너지는 거다.

사랑이 다른 사랑을 하고
동업자가 딴 주머니를 차고
자식이 부모를 가르치며 선을 넘어오는 날

가장 가까웠던 사람이
가장 원망스러운 사람이 되고

가장 아름다웠던 추억이
가장 무서운 기억이 된다.

외롭기로 작정하면 못 갈 곳이 없다

그깟 외로움 하나 못 이겨서
상처 입을 걸 알면서 다가갔고
외면당할 걸 알면서 붙잡았다.

그깟 외로움 하나 못 이겨서
기대었다 쓰러지고
기다리다 아파하며
붙잡다가 상처받았다.

기대지도 말고
기다리지 않으며
외롭기로 작정해라.

외롭기로 작정하면 아파할 일이 없다.
외롭기로 작정하면 못 갈 곳이 없다.

익숙함의 무서움

익숙함을 조심하라.

익숙함은
만족을 모르게 하여
소중한 것을 멀리하게 하고

익숙함은
아픔을 무디게 하여
나쁜 것에 머물게 하니,

행복은 익숙해진
고마움을 찾는 것이고

사랑은 무뎌진
상처를 보아주는 것이다.

일이 아니라 관계가 힘들어 그만둔다

일이 아니라 관계가 힘들어 그만둔다.

일이 힘들어도 관계가 좋으면
바쁘지만 재미있다고 말하고
일은 편해도 관계가 힘들면
나랑은 안 맞는다고 말한다.

인물 보고 사귀다
관계 때문에 헤어지고
연봉 보고 들어가
관계 때문에 그만둔다.

어딜 가도 누굴 만나도
관계가 전부이니
피하고 미루지 말고
어울리는 연습부터 해야 한다.

감성코치의 관계 상담

관계를 유튜브에서 배우는 당신에게

관계에 대해서는 왜 학교나 회사가 아닌 유튜브에서 배워야 할까요? 진짜 배워야 하는 사람은 아예 보지도 않는데 말이에요.

제가 어렸을 때만 해도 관계를 어떻게 해야 할지 모르는 경우는 거의 없었어요. 어른들이나 선배가 하는 것을 보고 따라 하면 되었으니까요.

그런데, 생활 환경이 급속히 바뀌면서 모든 관계가 수직관계에서 수평관계로 변했고, 예전의 지식이 전혀 쓸모가 없어지게 되었어요. 할머니가 엄마를 가르치고 엄마가 아이를 가르치는 시대에서, 손주가 할머니를 가르치고 교사가 학생들에게 평가받아야 하는 시대로 바뀌었으니까요. 모두가 관계를 새롭게 배워야 하는 초보자가 된 것이에요.

그러니, 이제는 어려워도 SNS 사용법을 공부하듯, 힘들어도 관계에 대해 새롭게 공부해야 할 때인 거예요.

그럼, 관계를 공부한다는 건, 무엇을 공부해야 하는 걸까요? 사실, 관계는 이론 공부가 아니라, 운동처럼 몸에 익히는 훈련이라, 공부보다는 연습한다는 표현이 맞는데요.

자신에게는 너그럽게 대하고, 사랑하는 사람에게는 다정하게 대하는 연습을 하는 거예요. 그 외의 사람들에게는 그 관계에 적합한 마음의 거리를 설정하고 유지하는 연습을 하는 거지요.

또, 스스로 해결할 감정과 표현할 감정을 구분해서 스스로 해결할 감정은 잘 만나주고 비워주는 연습을 하고, 표현해야 하는 감정은 그 감정에 적절한 방식으로 표현하는 연습 하면 돼요. 쉽지는 않겠지만, 한가지씩 내가 느낀 것을 실천하면서 스스로 성장의 기쁨을 느끼시길 바라요.

가장 조심해야 할 점은 내가 배운 것을 가까운 사람에게 가르치려 하거나, 다른 사람을 평가하는 잣대로 사용하지 말아야 한다는 것이에요. 배운 건 나 혼자 스스로 성장하시는 데만 연습해 주세요.

제3장

"좋은 사람을 만나려면

방법을 찾지 말고

사람을 찾지 말고

자신을 갖추세요."

사랑

그대 마음에 봄이 왔으면

오늘은 그대의 마음에
봄이 왔으면 좋겠습니다.

오늘은 그대의 얼굴에
꽃이 피었으면 좋겠습니다.

나는 그 봄에 그 꽃과
나란히 걸었으면 좋겠습니다.

우리는 서로 물들고 있다

우리는 서로 물들고 있다.

말 하나에 가슴이 물들고
미소 하나에 얼굴이 물들고
배려 하나에 마음이 물든다.

아무리 우산 써도
어딘가 젖게 되고

신나는 음악에
어깨가 들썩이듯

좋든 싫든 우리는
서로 물들고 있다.

그러니 멋진 말보다

따듯한 말을 하는 사람을 만나고

예쁜 사람보다
자주 웃는 사람을 만나고

자랑하는 사람보다
챙겨주는 사람을 만나라.

그리고 나도 그런 사람이 되어라.
우리는 서로 물들이고 있다.

많이 좋아한다는 말과 사랑한다는 말

많이 좋아한다는 말과 사랑한다는 말은 완전히 다른 말이다.

많이 좋아한다는 건 아이가 피자를 좋아하듯이 아무런 준비도 능력도 필요치 않은 일방적인 말이지만, 사랑한다는 건 나보다 상대를 먼저 생각할 수 있는 배려라는 준비 위에 나조차 버티기 어려운 순간에도 상대를 챙길 수 있는 책임이라는 능력이 필요한 말이다.

아이가 강아지를 알아서 키우겠다고 해도 그 말을 믿으면 안 되고, 백수가 연인에게 손에 물 안 묻히겠다는 말도 믿으면 안 되듯, 자신밖에 모르는 사람이 당신에게 사랑한다고 말한다면 코웃음치며 보내야 한다.

배려를 모르는 사람이 당신을 사랑하겠다는 건 당신을 괴롭히겠다는 것이고, 책임질 능력이 없는 사람이 당신을 사랑하겠다는 건 당신에게 짐이 되겠다는 것이기 때문이다.

많이 좋아한다는 말과 사랑한다는 말은 완전히 다른 말이다. 사랑한다고 말을 하려거든 '배려'라는 준비와 '책임'이라는 능력을 갖추었는지 살펴야 한다.

바보 같은 사랑

바보 같은 사랑을 한다고 욕먹고
계산하며 사랑하라고 혼나도
다 퍼주는 사랑을 해요. 모두 주는 사랑을 해요.

네가 도대체 뭐가 부족하길래
그 사람이 도대체 뭐가 좋길래
그렇게 헌신하냐고 말을 들어도
사랑할 때는 모든 걸 받쳐요.

상처받고 버림받은 건 당신이 잘못한 게 아니라
그 귀한 사랑을 받을 자격이 없는
사람을 만났을 뿐이에요.

사랑하는 방법을 바꾸지 말고
그 사랑을 빛나게 해 줄 사람을 만나요.
금을 주면 팔아먹는 놈은 버리고

보석 넣어 선물 주는 사람을 만나면 돼요.

＊＊＊

매번 버림받고 상처받는 데도 또 다른 사랑을 만나면, 그렇게 바보처럼 모두 퍼 주는 사랑을 한다고 자신을 탓하는 분들이 계세요. 주변 친구들이 제발 정신 차리라고 얘기하는 데도 막상 사랑을 시작하면 그렇게 계산 없이 흠뻑 빠지게 된다면서 속상해하세요.

저는 그런 분의 '그런 사랑'을 지지하고 응원해요. 그 사랑의 방법이 잘못된 게 아니고, 단지 그 귀한 마음을 알아보고 받아 줄 준비가 안 된 사람을 만난 것뿐이니, 그 사랑에 어울리는 사람을 찾으면 되는 거예요.

누군가와 사랑할 때 자꾸 계산하고 따진다면 그것은 사랑이 아니라 거래일 거예요. 아무리 성인이고 아무리 시대가 각박해도 마지막까지 말랑해야 하는 사랑은 온전히 다 주는 사랑을 하시길 바라요.

비는 핑계다

비는 핑계다.

고작 바깥에 물 떨어지는 게
내 마음에 무슨 짓을 하겠는가?

외로운데 말도 못 하다가
그리운데 말도 못 하다가

마침 비가 오니
핑계를 대는 거다.

괜히 이 핑계로 전화 걸어
얼굴 보자 하는 거다.

비는 고마운 핑계다.

나에게는 좋은 친구가 있다

나에게는 생각만 해도 기분 좋은 친구가 있다. 이야기하는 게 여행하는 것처럼 행복한 친구가 있다. 그 친구랑 이야기할 때는 애써 듣지 않아도 되고, 무슨 말을 할까 고민하지 않아도 돼서 좋다.

짜증 났던 일을 배틀하듯이 주고받는 것도 좋고, 점심으로 먹은 보리밥 얘기를 하는 것도 좋고, 갑자기 그 옛날 남자 친구 이야기를 하는 것도 좋다. 그냥 발길 닿는 곳으로 가는 여행같이 편해서 좋다.

의견이 달라서 서로 뜨겁게 이야기해도, 마음이 너무 달려 생각과 다른 이야기를 해도 걱정되거나 찜찜하지 않아서 좋다. 그러다 툭 던지듯 '네가 오늘은 참 힘들었겠다'라는 평범한 말이 뭉클한 진심으로 다가와서 참 좋다.

누군가를 사랑한다는 건

누군가를 사랑한다는 건 자연의 섭리 중 가장 기본이 되는 마음인 '자신'을 우선으로 생각하는 마음에 반하는 일입니다. 그만큼 특별하며 위험한 일이기에, 한 사람이 누군가를 사랑한다는 건 그저 보고 싶고, 안고 싶은 마음과는 다른 마음입니다.

처음에는 함께 있으면 설레고 기뻐서 자신을 위해서 좋아하는 마음으로 시작할지는 몰라도 마음이 쌓이고, 깊어져서 자신과 동일시하는 오류를 범하게 되고, 결국에는 자신보다 우선시하게 되어 자신을 다치게 할 수도 있는 위험한 마음입니다.

그래서, 누군가를 사랑한다는 건, 내가 배가 고플 때 내 밥을 찾기 전에, 그 사람이 식사했을까 궁금해하는 마음이고, 예쁜 하늘을 보면 내가 다 느끼기 전에 그 사람도 이 하늘을 보기를 바라는 마음에 '오늘 하늘 정말 이쁘다' 하며 문자를 보내는 마음입니다.

내가 마음이 힘들 때는 힘들다고 말하기 전에 그 사람 마음이 나처럼 힘들지 않은지 살피는 마음이고, 내가 외로울 때는 나를 외롭게 둔 그 사람을 탓하는 마음이 아니라 그 사람이 외로울지 하는 걱정에 집 앞으로 달려가는 마음입니다.

누군가를 사랑한다는 건, 내가 앉기 전에 그 사람이 앉을 자리를 먼저 보게 되는 마음이고, 내가 아플 때보다 그 사람이 아플 때 더 안절부절못하는 마음이고, 다투고 나면 그 사람의 잘못을 보기 전에 내 실수가 먼저 보여 미안하다고 말하는 마음입니다.

누군가를 좋아한다는 건, 설레는 순간이 지나가고 서로 부딪히게 되면 떠나게 되는 마음이지만, 누군가를 사랑한다는 건 나랑 안 맞는 부분이 보이고 손해 보는 것도 알고, 마음이 아프면서도 그 사람을 위해 또 무엇인가를 하는 것입니다. 정성스럽게 쓴 손 편지가 버려지고, 선물이 자기 스타일이 아니라며 상처를 주어도 다음 날 다시 뭐 먹고 싶은 거 없냐며 물어보는 마음입니다.

모든 게 마음에 들고, 모든 날이 좋은 게 아니라, 어떤 건 너무 다르고, 어떤 날은 짜증 나서 잔소리도 하지만, 내 사람이고 내 사랑이라 이 사람을 떠날 수 있다는 전제조차 없어 다음 날이 되면 보고 싶다고 문자 하는 마음입니다.

누군가를 사랑한다는 건 너무도 많이 아플 수 있는 마음입니다. 싫어졌다는 모진 말을 듣고, 다른 사람이 더 좋다는 가슴 무너지는 말을 들어도 그 사람이 나은 사람이라면 자식을 떠나보내는 부모의 마음처럼 보내주는 마음입니다. 가슴이 조여오고, 잠을 못 자고, 억울하고 속상한 마음이 밀려와도 잘못되기를 바라면서 나에게 돌아오기를 바라는 게 아니라, 행복하게 지내기를 바라는 마음입니다.

완전히 잊히고 다시 못 볼 거라는 생각에 그리움과 슬픔이 가슴을 멎게 하고 어떻게 살아야 할지 모르겠지만 나를 잊으라고 말하는 마음입니다.

그렇게 누군가를 사랑한다는 건 처음에는 환호하다 배부르면 거들떠보지도 않는 음식을 대하는 감정과는 비교할 수 없는 소중하고 특별한 마음이니, 내 다리가 멀쩡하다면 평생 멋진 산 한두 개는 올라가 봐야 하고, 내 마음이 멀쩡하다면 누군가를 진심으로 깊게 사랑해봐야 합니다.

상처받을 걱정 내려놓고, 헤어질 걱정도 잊은 채, 더 사랑하고 다 주는 사랑을 해 보아야 합니다. 그런 사랑을 해 보지 않고 삶을 마감하는 건 삶에 대한 가장 큰 죄입니다. 그러니, 누군가를 사랑한다는 건 선택이 아니어야 합니다.

진짜 하나면 돼

수백 가지 뷔페보다
정말 맛있는 음식 하나가 좋고
수천 개의 '좋아요'보다
너의 칭찬 하나가 행복하다.

건물이 몇 채가 있더라도
편히 쉴 내방 하나 없으면 무슨 소용이고
팔로워가 수십만 있더라도
안아줄 너 하나 없다면 무슨 소용인가?

내 거 하나가 진짜면
백이 없어도 행복하고
내 거 하나가 부족하면
백이 있어도 외롭다.

4랑은 네 가지를 느끼는 것

사랑한다는 말은 사랑이 아니라
'4랑'이라는 네 가지를 느끼는 것.

눈빛을 보며 진심을 느끼고
말투를 보며 존중을 느끼고
손길을 보며 설렘을 느끼고
행동을 보며 배려를 느끼는 것.

좋은 사람 만나는 법

방법을 찾지 말고

사람을 찾지 말고

자신을 갖추세요.

사랑은 밤 9시에 나간 막내딸

사랑은
밤 9시에 나간 막내딸이다.

약속은 의미 없고
혼자만 애태운다.

사고치고 늦게 와도
아침이면 밥 차린다.

나에게 설렘이 찾아오면

어느 날 문득
나에게 설렘이 찾아오면

놀라고 당황하지 않을 거야.
어색하고 뻘쭘하게 두지 않을 거야.

오래된 친구처럼 편하게 맞이해서
오랫동안 머물게 할 거야.

얼마나 기쁜지 말해줘서
또 찾아오게 할 거야.

사랑은 일이다

사랑은 일이다.

있으면 가끔은 버겁고
없으면 결국은 찾는다.

놓고 싶다고 말하지만
사실은 더 잘하고 싶은 것이다.

가끔은 새로운 것을 찾아 헤매지만
정답은 지금의 것에 마음을 다하는 것이다.

사랑은 일이다.

아무리 소중해도 거리가 필요하고
나만의 시간이 필요하다.

이런 친구 하나 있으면 돼요

힘들 때 아무 말 없이
내 말 들어 줄 친구 하나 있으면
외롭지 않게 되고
아플 때 하던 일 내려놓고
달려올 수 있는 친구 하나 있으면
서럽지 않게 돼요.

포기하고 싶을 때 잘하고 있다고
응원해 주는 친구 하나 있으면
일어설 수 있게 되고
싸울 때 앞뒤 따지지 않고
내 편 들어주는 친구 하나 있으면
억울하지 않게 돼요.

이런 친구 하나 있으면 돼요.
이런 친구 한번 되어주면 돼요.

사랑은 그저 곁에 있어 주는 것

사랑은 별 개 아니라 그저 곁에 있어 주는 것이다.

생일에 같이 밥 먹어 주는 것, 명절에 같이 뒹굴뒹굴하는 것, 티격태격하면서도 붙어 다니는 것, 세상이 외면하는 순간에도 옆에 있어 주는 것, 마지막 순간에 곁에 있어 주는 것이다.

아이를 사고로 보낸 엄마가 병원에서 오열하면서도 그나마 감사했다는 것은 그 순간에 소방관이 곁에 있어 주었다는 이야기였다고 한다.

무엇을 하지 않아도 된다. 무엇을 해 줄 수 없어도 된다. 어쩔 줄 몰라 하면서도 그 곁에 있어 주는 것이 사랑이다. 답이 없고 방법이 없는 순간에도 그냥 옆에 있어 주는 것이 사랑이다.

지금 내 옆에서 성가시게 하는 그 사람이 어쩌면 나를 가장 많이 사랑하는 사람이다. 사랑은 별 개 아니라 그저 곁에 있어 주는 것이다.

사랑 자격증

면허 따기 귀찮으면
운전하지 말고
노력하기 귀찮으면
연애하지 마라.

취업 준비 안 했으면
알바만 하고
결혼 준비 안 했으면
연애만 해라.

노력 없는 연애는 폭력이고
준비 안 된 결혼은 재앙이니
사랑을 누리고 싶다면
돈 벌고 일하는 만큼
사랑에 진심을 다해라.

***

여기서 말한 결혼 준비는 혼수를 말씀드리는 게 아니라, 서로의 다름을 인정하고 배려하는 마음의 준비예요. 이것만 되어 있으면, 집이나 차는 큰 문제가 되지 않아요.

진짜 사랑이 왔을 때

화내는 모습에서도 그 사람의 힘듦이 보여 안쓰럽다면 진짜 사랑이고, 짜증 내는 모습에서도 그 사람의 귀여움이 보여 안아 주고 싶다면 진짜 사랑이다.

사람에 쌓여 화려한 순간에서도 혼자 남았을 때의 쓸쓸함이 걱정된다면 진짜 사랑이고, 남들이 부러워하는 빛나는 순간에도 그동안 애썼음을 알기에 가슴이 짠하다면 진짜 사랑이다.

주는 게 아깝지 않고 손해 보는 걸 생각하지 않으며, 그 사람 좋아하는 모습 보는 게 마냥 행복하다면 진짜 사랑이다. 나에게 열 개의 버거움 있어도 그 사람 한 개의 버거움이 눈에 밟힌다면 진짜 사랑이다.

진짜 사랑을 주지 못했다면 사랑을 안다고 할 수 없고, 진짜 사랑을 받지 못했다면 '살아보았다' 할 수 없다.

손해 보는 게 기쁜 일

사랑이란

손해 보는 것을 기뻐하는 일이다.

가장 소중하기에

가장 값진 대가를 치르는 일이다.

지칠 때 기억할 것

만나는 사람에 지쳐서
새로운 사람이 눈에 들어올 때

그 사람에게도 지쳐서
떠난 사람이 있다는 걸 기억해라.

하던 일에 지쳐서
새로운 일이 눈에 들어올 때

그 일에도 지쳐서
떠난 사람이 많다는 걸 기억해라.

사랑에 고비가 왔다면

사랑에 고비가 왔다면
계산기를 내려놓으세요.
내 건 돌로, 네 건 솜으로
계산하는 고장 난 계산기랍니다.

누가 더 참고
누가 더 맞추며 사는지
능력은 누가 더 좋고
외모는 누가 더 좋은지
따지고 계산하는 건
마음을 지옥으로 만들 뿐이에요.

사랑에 고비가 왔다면
계산기는 내려놓고
처음 보았던 눈빛을 기억해 주세요.

오래된 연인에게 해 주는 말

상담과 강의하면서 정말 많은 부부와 연인들에게 서로 해주라고 권했던 말이 있습니다. 첫 마디부터 울컥하시는 분도 있었고, 처음에는 어색해하다가 3번, 5번 하면서 서로 마음이 풀렸다는 분도 많았습니다.

아주 간단하고 뻔한 말일지 모르고, 예전에 해본 말일지 몰라도, 오늘 다시 건네 보세요. 이 글을 본 당신이 먼저 건네 보세요. 서로가 습관이 되어 자주 건네는 말이 될 때까지 어색해도 꼭 도 전해 보세요.

"혼자 많이 힘들었지?
알아주지 못해 미안해."

"내 옆에 있어 줘서
고마워 정말 고마워."

복이 와서 웃는 게 아니라 웃으면 복이 온다는 말이 있듯이, 이런 말을 자주 하다 보면 진짜 이런 관계로 발전하는 기적을 경험하시게 될 거예요.

처음 보듯 두 번 다시 못 볼 듯이

성공이 누릴 것을 갖는 것이라면, 행복은 가진 것을 누리는 것입니다. 성공과 행복은 비슷해 보이지만, 정말 많이 다릅니다.

성공한 사람이 행복하지 못한 경우가 많은데, 누리는 연습보다 갖는 훈련이 더 많이 되었기 때문입니다. 많이 가지면 많이 누릴 거라 착각했기 때문입니다.

우리는 갖는 훈련만큼 누리는 훈련이 되어야 행복하게 지낼 수 있습니다. 사랑을 누리는 연습, 세상을 누리는 연습을 해야 합니다.

사랑하는 사람을 처음 만났을 때의 눈빛으로 가만히 바라보고 이 순간이 지나면 두 번 다시 못 볼 사람처럼 꼭 안아보세요.

심술쟁이 첫째 아이를 첫걸음마 하던 순간의 눈빛으로 바라보고, 내일이면 유학 갈 아이처럼 꼭 안아보세요.

이제는 연세가 들어 고집불통인 엄마를 어릴 적 한없이 크셨던 그분처럼 바라보고, 지금 하시는 말씀이 유언이라는 마음으로 들어보세요.

월요일이면 유난히 힘든 그 길을 처음 출근하던 날처럼 설레며 걸어가 보고, 일할 때는 정년이 되어 그만두는 마지막 날처럼 아깝게 일해 보세요.

먼지 없나 살펴봤던 하늘을 딴 세상에서 온 사람처럼 신기하게 바라보고, 스치는 바람을 내일이면 세상에 없을 사람처럼 소중하게 느껴보세요.

행복은 가진 것을 누리는 기술입니다. 생각을 내려놓고, 판단을 없애고, 지금 이 순간을 있는 그대로 누리고 느껴보세요.

처음 보듯이 두 번 다시 못 볼 듯이, 사람을 대하고 세상을 느껴보세요.

사랑은 저축하는 게 아니야

돈은 안 쓸수록 모이지만
사랑은 안 할수록 무뎌지는 것.

바쁘다고 못 안아 준 거
모았다 안아줄 수 없고,

나중에 할 거라고 미룬 시간은
모두가 떠난 뒤에나 찾아오니

옆에 있을 때 한 번 더 말해주고
같이 있을 때 한 번 더 안아줘라.

나이 들어 후회할게
이것 말고 뭐가 있겠는가?

바뀐 건 네 마음이 아닌지

처음엔 솔직해서 좋다더니
이제는 지랄 같아 싫다 하고

처음엔 배려해서 좋다더니
이제는 소심해서 싫다 한다.

내가 주는 건 재료뿐
요리는 너의 몫이다.

배가 부르고 입맛이 바뀐걸
내 탓 하지 마라.

이제 보내줄게

피부에 상처가 생기면 피부를 지키려고 딱지가 생기듯, 너도 처음에는 마음에 상처가 생겨 마음을 지키려고 짜증을 부리기 시작한 거 알아. 아니까, 나도 힘들고 아픈데 너의 짜증을 받아 준 거야.

이렇게 받아주고 들어주면 언젠가 나아지겠지, 나의 힘듦도 보아주는 날이 오겠지, 미안하고 고맙다고 말하며 알아줄 날도 있을 거로 생각했어.

근데, 그 짜증은 너의 마음에 뿌리를 내리고 줄기를 뻗으며 이제는 너의 모습이 되어 버렸어. 나의 배려가 너의 짜증에 물을 준 게 아닌가 생각도 들고, 부딪히더라도 모질 게 자를 때 자르고, 화도 냈어야 했나 하는 후회도 생겨.

하지만, 사람이 어떻게 사람을 바꾸겠니? 그냥 내 욕심이었지. 너는 내가 어떻게 했어도 바뀌지 않을 사람이었어. 넌 평생 그렇게 짜증을 내며 너와 주변 사람을 다치게 하며 살 거야. 그냥 난 이제라도 잘못 탄 차에서 내릴게. 여태까지 참은 세월이 억울하다고 남은 삶까지 낭비할 수는 없으니까.

좋은 사람 증후군

관심도 안 주면서
나쁜 사람 되기 싫어
놓아 주지 않는 사람이
제일 나쁜 사람이다.

세월을 훔치는 도둑이고
기회를 빼앗는 강도다.

눈치 보지 말고
시간 끌지 말고
노력하지 않을 거면
서로를 위해 보내줘라.

서로를 말리며
서로가 시들어 가는 시간이
서로에게 최악의 시간이다.

내가 남친을 관리하면

내가 남친을 관리하면
남친은 딴 놈을 관리하고

내가 나를 관리해야
남친이 나를 관리한다.

내가 자식을 챙기면
자식은 손주를 챙기고

내가 나를 챙겨야
자식도 나를 챙긴다.

지친 당신 수고했어요

헤어지자고 한 건 난데
차인 느낌이 드는 건
그동안 지쳤기 때문이고

회사를 그만둔 건 난데
잘린 느낌이 드는 건
그동안 질렸기 때문이다.

애썼다. 수고했다.
붙잡고 있느라 고생한
나를 안아주면 된다.

모든 이별은 아프다

내가 당한 이별도
내가 원한 이별도
모든 이별은 아프다.

밀어서 자빠지던
실수로 자빠지던
넘어지면 아프듯이

함께한 시간만큼
주었던 마음만큼
받았던 사랑만큼
모든 이별은 아프다.

감성코치의 이별 상담

바람피우는 데도 헤어지지 못하는 분들에게

상담하면서 가슴 아프고 화나는 경우가 많이 있는데 특히, 남편이나 남친이 딴 여자를 만나는 데도 헤어지지 못하고 오히려 눈치를 보며 지내는 사람들을 볼 때 그래요. 말도 안 된다고 생각하겠지만, 드라마보다 더 드라마 같은 그런 분들이 꽤 많아요.

같이 있을 때 휴대폰을 몰래 훔쳐보고 SNS를 뒤지며 잠도 못 들고 괴로워해요. 증거를 보이며 따졌다가 사생활을 침해했다고 오히려 화를 당하기도 하는데 '그 사람도 힘드니까 그랬겠지' 하며 오히려 안쓰러워하는 경우도 있어요.

결혼한 사람은 아이들을 핑계 대며 '나만 참으면 되지, 그래도 사람은 착한 사람이니까'라고 말하고, 젊은 친구들은 내가 좀 더 잘하면 돌아올 거라고 오히려 자신을 탓하기도 해요. 무슨 매뉴얼이 있는 것처럼 정말 비슷하게 말하는 걸 보고 많이 놀라기도 하지요. 대부분 사랑에 진심이고 마음이 약한 사람이라 제 마음이 더 안타까워요.

당신이 잘못해서 바람피운 거 아니고, 힘들고 외로워서 딴 사람

만난 거 아니고, 그냥 그 사람 성향이 그런 거고, 그런 사람들은 대부분 어떤 핑계를 대서라도 다른 사람을 만날 사람들이에요. 그 버릇은 정말 고치기 어렵고요. 제발 그런 사람에게 마음 쓰지 말고 정말 안쓰러운 나 자신을 챙겨주시길 바라요.

이혼이나 이별이 답이라면 용기 내어 실행해주시고, 경제적인 이유나 관계가 복잡해서 헤어지기 어렵거나 시간이 필요하면 마음은 이별한 것처럼 모두 내려놓고, 나 자신을 챙기고 가꾸는 데 시간을 써 주세요. 더 이상 그런 사람에게 마음도 시간도 허비하지 말아주세요. 그렇게 나를 관리하다 보면 내 진심에 걸맞은 내 짝이 나타날 거예요.

제 4 장

"더 늦기 전에
더 늙기 전에
소중하면 소중한 만큼
힘쓰고 표현하세요."

삶의 지혜

하나

칭찬은 천동처럼

칭찬은 천둥처럼

칭찬은 속삭이듯 들리고
비난은 천둥처럼 들리며

감사는 화초처럼 자라고
원망은 잡초처럼 자라며

핑계는 새털처럼 가볍고
책임은 갑옷처럼 무겁다.

제발 로또가 되지 않게 해 주세요

제발 현빈이

나를 사랑하지 않게 해주시고

그저 남친이

나를 조금 더 아끼게 해주세요.

제발 로또가

당첨되지 않게 해주시고

그저 지난달보다

십만 원만 더 벌게 해주세요.

***

여러분이 부러워하고 제 자랑 같을지 모르지만, 저는 인스타그램을 꾸준히 3년 정도 한 어느 날 갑자기 글 하나의 뷰가 3백만이 넘고, 팔로워가 하루에 몇천 명씩 증가했어요. 정말 기다리던 순간인데, 막상 현실로 다가오니 좋은 것과 동시에 긴장돼서 잠이 잘 안 왔어요.

젊고 어렸을 때는 이런 설렘과 긴장이 마냥 좋았을 거 같은데 저도 오십이 넘고 많은 경험을 하다 보니 좋은 쪽으로도 갑자기 많이 변하는 게 몸과 마음에 부담으로 다가오더라고요. 또, 한번 눈이 높아지니 욕심만 많아져서 예전에는 하루에 천명만 와도 행복했는데 이제는 몇만 명이 와도 실망하게 되었어요.

게다가 갑자기 유명해지고 부자 된 사람들이 삶의 균형이 깨지고, 관계가 무너지는 것도 많이 보았기 때문에 마냥 좋지만은 않았어요. 행복은 결과가 아니라 방향이라고 하니까 한 번에 왕창 오고 떨어지는 행운보다는 조금씩 꾸준히 좋아지는 삶이 더 낫다는 걸 알게 된 거지요. 오늘도 기도해요. 너무 설레지 않고 고요하게 감당할 만큼만 성장해달라고요.

오늘의 선수

걱정의 속도가 빠른걸
근심이라 하고

행동의 속도가 빠른걸
설렘이라 한다.

오늘은 어떤 애를
뛰게 할 것인가?

원인

안 빠지는 살은 없고
못 참는 음식만 있으며,

못 고치는 병은 없고
못 고치는 습관만 있다.

안 바뀌는 남친은 없고
안 바꾸는 자신만 있으며,

안 바뀌는 자식은 없고
안 바꾸는 부모만 있다.

무너지는 건 순간

십 년을 키워온 꿈도
차가운 말 하나에 접게 되고

평생을 지켜온 사랑도
딴눈 한 번에 웬수가 된다.

쌓는 건 어렵고
무너지는 건 순간이니

귀하고 소중하다면
체중 살피듯 늘 살펴야 한다.

순돌이

세상에는

'순돌이'가 참 많다.

순간

또라이가 되어

모든 것을 잃는다.

늘근이

나이 많아

늙은이가 되는 걸 두려워 말고

늘 근심만 하는

'늘근이'가 되는 걸 걱정해라.

비교하기 때문에

속상하다는 건
누군가와
어느 때와
비교하고 있기 때문이야.

더 좋았을 때와 비교하고
더 젊었을 때와 비교하고
더 잘난 사람과 비교하고
더 가진 사람과 비교하기 때문이지.

그렇게 속상할 때는
열 번만 주문을 외워줘

이만한 게 어디야
이것만도 감사해
이대로도 충분해

꿀잠 예약

책임질 말만 하고
움직일 만큼만 먹고
해결할 일들만 걱정하라.

입은 무겁게 하고
배는 가볍게 하며
머리는 적게 써라.

립스틱 바른 초딩

안 보일 때 잘하는 게 인품이고
없을 때 하는 말이 인격이다.

마주 보면 못 할 말을 뒤에서 하고
내리면 못 할 말을 차 안에서 하는 건

립스틱 바른 초딩이다.
혼자만 어른인 줄 안다.

신호등

힘들다는 건
잘못된 길을 가고 있다고
알려주는 고마운 신호입니다.

방향을 바꾸라는 뜻입니다.

힘들다는 건
너무 무거운 걸 들고 있다고
알려주는 고마운 신호입니다.

내려놓을 걸 찾으라는 뜻입니다.

가는 길이 맞고
들어야 할 짐이 맞는데
힘들다는 건

성장하고 있다는 것을 알려주는

반가운 신호입니다.

성장하고 싶은 만큼

힘을 쓰라는 뜻입니다.

한낮 꿈같이 지나갈 테니

밤이 깊어지면
아침을 잊기도 하고

바닥이 길어지면
희망을 잃기도 하며

'언제 이 시간이 지날까?'
한숨 쉬지만

세월의 파도 속에 아픈 시간조차
그리울 날이 올 테니

지우고 싶은 시간이라
함부로 말하지 말아라.

명상

신(神)은 우리에게

바꿀 수 있는 것보다

바꿀 수 없는 것을 더 많이 주셨다.

신이 우리에게

명상을 주신 이유이다.

좋은 학생이 좋은 스승이 된다

10년 다이어트를 했는데 체중은 더 늘었고
10살 더 먹었는데 마음은 더 약해졌다.

세월 간다고 성장하는 게 아니고
노력한다고 바뀌는 게 아니다.

나름대로 하면 시간만 흐를 뿐이니
똥고집 내려놓고 스승을 찾아라.

누구는 자존심이 없고
누구는 돈이 넘쳐 스승을 찾겠느냐?

스승을 만나고 스승이 되는 게 삶이다.

***

나이 들수록 고집은 세지고, 나이 들수록 판단이 앞서며, 나이 들수록 배우기는 더 어려워집니다. 나보다 나이가 어려도, 나와 성격이 달라도, 어떤 분야든 선생님이 있습니다. 누구의 밑에 들어갈 수 있어야 누구를 도울 수 있는 선생이 됩니다. 더 늦기 전에 더 풍성한 삶을 위해 꼭 좋은 스승을 찾으시길 바라요.

내 나이를 사랑할 수 있었다

삼백 밤이 지나야 한 살을 먹어서
난 내 나이를 사랑할 수 있었다.

하루에 한 살을 먹지 않아서
난 내 나이를 받아들이고 사랑할 수 있었다.

스물에는 상상하기조차 싫었던 서른을
삼백 밤을 열 번 보내며 받아들이게 되었고

서른에는 받아들이긴 힘들었던 마흔을
삼백 밤을 열 번 보내며 받아들이게 되었고

마흔에는 늙는 게 두려웠던 쉰 살을
삼백 밤을 열 번 보내며 받아들이게 되었다.

그렇게 준비하며 받아들인 나이를

나는 사랑할 수 있게 되었다.

예순도 일흔도 받아들이며

사랑하게 될 걸 알기에

내 삶을 사랑할 수 있게 되었다.

새로움은 순간

새로운 사랑에만 설레면
얼마나 비참한 삶이고

새로운 물건에만 감사하면
얼마나 불쌍한 삶인가?

새로움은 순간이고
익숙함이 일상이니

익숙함에 설레고
익숙함에 감사하기 위해

동네 언덕은 몽마르트르로
소파에 누운 아저씨는
현빈으로 상상해보자.

둘

감정에도 길이 있다

한 번의 화도 담배처럼 조심해라

한 번의 화도 담배처럼 조심하고
한 번의 욕도 술처럼 조절해라.

한 번의 화가 습관이 되어
욱하는 사람 되고

한 번의 욕이 입에 배어
평생 걸레를 물게 된다.

한 번이 쌓여 성격을 만들고
한 번을 고치려면 백번을 힘써야 하니
한 번의 표현도 살피는 게 어른이다.

감정에도 길이 있다

살찌니까 떡볶이 그만 먹겠다고 해 놓고 또 먹고 있고, 힘드니까 그런 사람 다시는 안 만나겠다고 해 놓고 비슷한 사람 또 만나고 있으며, 다시는 이렇게 싸우지 말자고 해 놓고 똑같은 모습으로 싸우고 있다.

우리의 입맛에도 길이 나 있고, 우리의 사랑에도 길이 나 있으며, 우리의 감정에도 길이 나 있어, 자꾸 익숙한 길로 가려 하는 것이다.

감정의 길이 성격을 만들고 인격을 만들어 삶의 질을 결정하니, 상대를 다치게 하고 나를 아프게 하는 감정의 길은 더 넓어지기 전에 막아야 한다.

같은 길에서 같은 후회를 반복하며 살기에는 우리 삶이 너무 짧다.

외로움이라는 병

혼자라 외로운 줄 알고
짝을 만났는데

짝이 있어도 외로운 걸 보니
이쯤이면 병인가 보다.

밑 마음 알아주기

어릴 때, 고무줄 끊고 도망간 건
같이 놀고 싶어서이고

먹을 때, 잔소리 한 건
건강이 걱정되었기 때문이며

싸울 때, 말 안 하건
더 큰 상처를 주기 싫어서다.

표현이 서툴고 거칠게 나가도
마음속에는 누구나 알아주기를 바라는
따듯한 밑 마음이 숨어있다.

자신도 놓쳤던 밑 마음을 알아줄 때
틀어졌던 마음이 돌아오고
멀어지던 관계가 회복된다.

화내는 이유

아이를 혼내면서 '너를 위해서 그런다' 하고, 친구에게 잔소리하면서 '네 생각을 해서 하는 말'이라고 하며, 뉴스를 보다 욕하면서 '나라가 걱정돼서 하는 말'이라고 한다. 거짓말이다. 그냥 자기 마음에 안 들어서 못 참는 거다.

진짜 그 사람을 위한다면 있는 그대로를 인정해 주는 게 답이고, 진짜 좋은 나라가 되려면 서로를 인정해 주는 게 더 중요한 일이다.

가장 보기 싫은 행동, 가장 듣기 싫은 소리, 가장 못 참는 그 일을 미소 지으며 넘기는 연습, 그것이 자신과 가족과 나라를 위해 제일 필요한 일이다.

***

내 마음에 틀이 없으면 자신을 지킬 수 없지만, 자신의 틀이 너무 강하면 주변 사람들과 함께 살기 어려워져요. 누군가의 말이 내 생각과 달라서 화가 날 때, '그럴 수도 있지' 하고 그냥 웃으며 넘어가 보는 연습을 해보세요. 이 연습이 서로를 존중하며 생활하는 가장 기본적인 훈련이에요. 이 연습이 안 된 사람이 다른 사람과 같이 사는 건 서로에게 돌이키기 어려운 상처를 주게 돼요.

진짜 내 것은 감정 하나

세상에 진짜 내 것은

그 사람도 그 집도 아니고

내가 느끼는 감정 하나야

그러니

좋은 집으로 바꾸려 힘쓰는 것보다

좋은 마음으로 바꾸는 데 더 힘을 써야 해.

짜증은 바퀴벌레

짜증은
음식에 섞인
바퀴벌레다.

한우라도
먹기 싫어진다.

맞는 말도
듣기 싫어진다.

잠시 멈추세요

길을 잘못 들었으면 잠시 멈추세요.

급하게 바꾸려다 더 큰 사고가 납니다.

말실수 덮으려다 더 많이 실수하고

상처 줘서 미안한데 목소리를 높이게 됩니다.

잘못 가고 있다면 잠시 멈추세요.

흐르지 않으면 넘친다

흐르지 않으면

작은 장마에도 강물이 넘치고

풀지 않으면

작은 서운함에도 감정이 터지니

마음의 장마가 오기 전에

막힌 마음을 풀어야 한다.

* * *

가까운 사람과 마음에 쌓아 둔 서운함이 있다면 더 큰 장마가 오기 전에 밥 같이 먹으며 차 한잔 마시며 오늘 풀어주세요. 감정이 터진 후에 감당할 일은 서로에게 돌이킬 수 없는 상처로 남게 되니까요.

셋

꿈꾸지 않는 이유

꿈꾸지 않는 이유

꿈꾸지 않는 이유는
꿈을 꾸면 이루어질까 봐.

나 같이 못난 사람이
훌륭한 사람 될까 봐.

상처가 나를 키운다

운동이란
근육에 상처를 입히는 일이고

성장이란
마음에 상처를 입히는 일이다.

상처가 회복되며 근육이 커지고
상처가 회복되며 마음이 커지니

사랑하는 사람아!
작은 상처에 너무 아파하지 마라.

통제

1억을 벌어도
빚이 느는 사람이 있고
식당에서 일해도
체중 관리하는 사람이 있다.

환경을 핑계로
나를 통제 못 하면
남이 나를 통제하게 된다.

카드를 통제 못 하면
은행이 나를 통제하고
주먹을 통제 못 하면
법무부가 나를 통제하며

내 마음을 통제 못 하면
남의 말이 내 감정을 휘두른다.

돈은 마음의 방향이다

돈은 마음의 방향이다.
돈이 향하는 곳을 보면
그 사람의 마음이 보이니
외로움도 상처도
스스로 만드는 것이다.

일 년 세 번 파티복보다
매일 항상 속옷을 좋은 거 사고
남친 백일 기념 선물보다
엄마 쉰 살 생일 선물을 먼저 사라.

보이는 것에 돈을 쓰면
남의 인정에 기뻐하다가
남의 평가에 아파하게 되고
스치는 사람에게 돈을 쓰면
힘든 순간 아무도 없게 된다.

그 일 때문에 힘든 게 아니다

그 일 때문에

힘든 게 아니라

그 일 때문에 생긴

내가 해야 할 일을

미루고 있기 때문에

마음이 힘든 거야.

* * *

나를 힘들게 하는 일이 있다면, 내가 어쩔 수 없는 부분은 빼고 내가 당장 할 수 있는 일을 적고 행동으로 옮겨 보세요. 마음이 가벼워지고 갈 길이 보일 거예요. 그 일 때문에 막연하게 힘들다고 생각하지만, 그 일 때문이 아니라 그 일이 일어남으로써 내가 해야 할 일을 미루고 있으므로 마음이 불편하고 힘든 경우가 대부분이거든요.

그냥 두면

그냥 두면 내 몸은 비계가 되고
그냥 두면 내 마음은 걱정이 된다.

그냥 두면 내 연인은 떠나게 되고
그냥 두면 내 인생은 서럽게 된다.

삶은 에스컬레이터가 아니라
두 다리로 걷는 비상계단이니

더 늦기 전에
더 늙기 전에

소중하다면 소중한 만큼
힘을 쓰고 표현해라.

마음 닦을 때

세상이 온통 뿌옇게 보이면
안경을 닦을 때이고

사람이 온통 단점만 보이면
마음을 닦을 때이다.

더 뜨거운 가슴을 가지고 있기 때문이야

전단지 돌리며 외면당해보고
제품 전하며 거절당해보고
사업 전하며 무시당해보아라.

그들이 친절한 건
자존심이 없어서가 아니라
자존감이 높아서이고

가진 게 없어서가 아니라
더 뜨거운 가슴을
가지고 있기 때문이다.

진짜 부끄러운 건
외면을 당하는 것이 아니라
외면당할까 두려워
시작하지도 못하는 것이다.

***

꿈이 있는 사람이라면, 상담과 관계를 코칭하는 사람이라면 영업을 한 번은 꼭 해보라고 권하고 싶어요. 영업하시는 그분들의 간절함과 뜨거움, 숭고함을 느껴보지 못했다면 마음의 근육에 상처가 나고, 마음의 근육이 단단해지는 과정을 제대로 모를 거니까요.

저도 예전에 몇 가지 영업을 해 보았고, 지금은 영업하시는 분들을 안내하고 교육하는 일도 하고 있는데, 아직도 영업하시는 분들에 대해 대우나 인식이 부족한 거 같아 아쉬울 때가 많아요.

영업하시는 분들을 만나면 얼마나 마음의 근육이 단단하고 열정과 꿈이 크신 분들인지 인정해 주시고 지지해 주셨으면 좋겠어요.

장담하지 말라

장담하지 말고
비난하지 마라.

그런 곳에서
그런 모습에
그런 성격을 가지고 태어나

그런 무시를 받았다면
당신이 더 심했을지 누가 아는가?

자신을 탓하지도 마라.
그대 잘못도 아니다.

그 사람도 그대도
그런 세상에서 태어나
그런 상황을 만난 것뿐이다.

선택과 책임

힘들다고 때려치우면
할 일이 없고
짜증 난다고 할 말 다 하면
친구가 없다.

먹고 싶은 거 다 먹을 거면
몸매는 포기하고
하고 싶은 일만 할 거면
돈 버는 걸 포기하라.

모든 선택에는 책임이 따르고
모든 일에는 대가가 있으니,
위로가 필요할 때와
견디고 성장할 때를
구분할 줄 알아야 한다.

서른 살 먹은 아이

네가 아직 앤 줄 아니?
맨날 안아 달라고 하게

네가 갓 난 앤 줄 아니?
똥 치워 달라고 하게

참아야 할 세 가지

첫째, 말하지 말아야지 다짐해 놓고
참지 못하고 내뱉은 말.

둘째, 보내면 안 되는 문자인 걸 알면서
순간의 감정 때문에 보내는 문자.

셋째, 먹으면 후회할 걸 알면서
나도 모르게 손이 간 음식.

행복의 두 가지 방법

기대에 만족해야 행복이 온다면 행복에는 두 가지 방법이 있다.

첫 번째는 계속 커지는 욕심과 기대의 그릇을 채우려고 끊임없이 발버둥 치는 방법으로, 20만 년 동안 아무도 성공하지 못했는데 아직도 가장 많은 사람이 도전하고 있다.

두 번째는 힘들 때마다 그릇을 작은 것으로 바꾸는 방법으로, 기대와 욕심을 낮추어 행복과 감사를 쉽게 만날 수 있다. 일반 사람들은 죽을병에 걸리거나, 파산당해서 어쩔 수 없을 때 이 과정을 겪는데, 몇 명의 어른은 매일 몸을 살피듯 마음을 살피며 이 그릇의 크기를 조율한다.

오늘은 도인처럼 기대를 낮추고 망망대해에서 탈출한 난민의 마음으로 작은 것까지 만족하고 감사하는 두 번째 방법을 연습해 보자.

진짜를 위해

이 음식이 내 건강만큼
소중하지 않다면 내려놓고

이 걱정이 내 마음만큼
귀하지 않다면 내려놓고

이 일이 내 삶만큼
중요하지 않다면 내려놓아라.

작은 거 잡으려다
진짜를 놓치게 된다.

사람이 아니라 상황이 변한 거다

사람이 변한 게 아니라
상황이 변한 것일 뿐이고

사람이 나쁜 게 아니라
환경이 나쁜 것일 뿐이다.

사자는 먹고살려고
토끼는 죽지 않으려고
최선을 다할 뿐이며,

같은 나무도
봄에는 꽃이 무성하고
여름에는 가지가 무성한 법이다.

옳고 그름의 문제도
좋고 나쁨의 문제도 아니고

그저 그런 때이고

그저 그런 상황일 뿐이니,

나를 탓하며 자책하지도

그를 탓하며 욕하지도 마라.

오늘 하루는 행복할 수 있었다

오늘 하루만 생각하면
언제든 행복할 수 있었다.

내일도 모르는데
노년을 걱정하며
오늘을 낭비했다.

오늘 먹을 거 있고
오늘 누울 데 있으면

하늘 보며 감탄하고
사람 보면 사랑하고
일상마다 감사하자.

일상을 바꿔야 인생이 바뀐다

하루는 굶으면서
한 숟가락 적게 먹는 건 못하고

일 년 한 번, 5시간 등산은 하면서
매일 한 번, 5분 스트레칭을 못한다.

한방에 바뀌는 게 아니라
일상을 바꾸어야 인생이 바뀐다.

5백만 원짜리 러닝머신도
옷걸이로 만들던 너라면

5천 원짜리 줄넘기로
몸짱이 되는 내가 되자.

스쳐 가는 것들

스쳐 갔던 한 끼가 모여
내 몸이 되었고,
스쳐 갔던 인연이 쌓여
내 삶이 되었다.

십 분도 머물지 못하는
한 끼로 고민했고
그 한 끼가 행복했다면,
한 달을 만났던 인연은
얼마나 큰 삶이고 행복이었는가?

헤어질 인연이니 의미 없고
끝이 있으면 시작도 안 할 거라면
밥은 어떻게 먹고, 삶은 왜 살겠는가?

십 분의 인연이 모여 내 몸을 만들고

하루의 만남이 모여 내 삶을 만드니,

올지 안 올지 모르는 다음은 다음에 걱정하고,

오늘 맛난 거 먹으며 행복하게 보내고,

오늘 좋은 사람 만나며 설레게 살아라.

가장 큰 지혜

세상에서 가장 큰 지혜는
부족함을 아는 것이고

세상에서 가장 큰 용기는
잘못을 인정하는 것이다.

모르는 것을
부끄러워하지 않고
물어보지 않는 것을
부끄러워해야 하며

잘못했다고 말하는 것이
수치가 아니라

얼버무리고 넘어가는 것을
수치로 알아야 한다.

그 사람 잘못이 더 커도
그 사람이 아이라 해도
그 사람과 싸우는 중이라도

잘못을 알았을 때
바로 인정하는 것이
세상에서 가장 큰 용기다.

감성코치의 아침 명상법

오늘 하루를 시작하는 당신에게

편안한 자세로 세상에서 가장 귀한 손님이고 선물인 오늘을 맞이할 준비를 합니다. 매일 밥을 먹고, 매일 세수를 하듯이 매일 아침 어제의 마음을 정리하고, 오늘을 맞이할 준비를 합니다.

첫째, 천천히 숨을 내어 쉴 때마다 묵은 먼지를 털어내듯 마음속에 쌓인 부정적인 감정을 보냅니다. 걱정, 근심, 미움, 슬픔, 두려움, 조급함, 욕심…. 날숨마다 몸이 더 개운해지고 머리가 맑아집니다.

둘째, 숨을 천천히 들이마실 때마다 꽃을 놓고 선물을 준비하듯 긍정적인 감정을 채웁니다. 고요, 평온, 사랑, 나눔…. 들숨마다 마음이 더 넓어지고 더 따듯해집니다.

셋째, 계속해서 날숨마다 더 편안해지고, 들숨마다 더 따듯해지는 것을 느낍니다. 호흡할수록 마음은 편안해지고 얼굴에는 미소가 번집니다.

넷째, 오늘 마주하는 눈빛에 한 번 더 웃어주고, 스치는 바람에 한 번 더 감탄하고, 일어나는 모든 일을 감사하기로 다짐합니다.

다섯째, 그 따듯함과 사랑이 돌고 돌아 우리 가족과 나에게 다시 오는 것을 느껴봅니다. 오늘도 세상이 나로 인해 조금 더 따듯해질 것이기에 뿌듯합니다.

여섯째, 내일도 이 명상을 이어가기로 다짐합니다.

제 5 장

"모든 사람을
안아주고 싶고,
안아줄 수 있다면
이제 어른이 된 거예요."

어른

기다리는 게 어른의 사랑

도와주고 희생하는 사랑보다
보아주고 기다리는 사랑이 어른이다.

사랑한다고 도와주고
안쓰럽다고 내 것을 내어 주며
남 일 같지 않으니
너를 위해 이런 말 한다고 간섭한다.

안쓰럽고 답답해서 뭔가를 주는 사랑은
숙제를 대신해 주며 기회를 뺏는 것이다.

답답한 데도 기다려주고
안쓰러운 데도 보아주며
스스로 해내고, 스스로 빛날 때까지
응원하는 사랑이 어른의 사랑이다.

아끼는 사람이 있어야 어른이 된다

아끼는 사람이 있어야 어른이 된다.

혼자 가기 무서워했던 길을
아이 마중 갈 때는 망설임 없이 가는
엄마를 보면 알게 된다.

세 번은 깨워야 일어나던 아침을
알람 없이 일어나 데이트 준비하는
딸내미를 보면 알게 된다.

주방에는 얼씬도 안 하더니
여친 준다고 몇 시간째 도시락 만드는
아들내미를 보면서 알게 된다.

뭐하나 끈기 있게 해본 적 없다더니
아이들 생기고 20년째 일하고 있는

아빠를 보면서 알게 된다.

고집 꺾을 줄 모르던 할아버지가
손녀에게는 매일 져주며 사는 걸 보면서 알게 된다.

그렇게 아끼는 사람이 있어야
혼자 하지 못했던 고비를 넘으며
책임과 희생을 알게 되고 성장하는 어른이 된다.

사람의 크기를 아는 법

말할 때 교양이 드러나고
들을 때 수준이 드러나고
화날 때 성향이 드러나고

싸울 때 성질이 드러나고
힘들 때 크기가 드러나고
굶을 때 건강이 드러나고

외로울 때 강함이 드러나고
무서울 때 용기가 드러나고

걸을 때 체형이 드러나고
뛸 때 체력이 드러나고

사랑할 때 초능력이 드러나고
꿈꿀 때 기적이 나타난다.

내가 안아주는 이유

가장 가까운 사람이
가장 아픈 곳을 알기에
가장 아프게 할 수 있고

가장 가까운 사람이
가장 힘든 것을 알기에
가장 안아 줄 수 있는 거야.

내가 너를 아프게 하는 이유는
내가 아픈 만큼 너도 아파보라는
철부지의 마음 때문이고

내가 너를 안아주는 이유는
내가 이렇게 힘든 데
너도 얼마나 힘들겠냐는
어른의 마음 때문이야.

기다리고 있을지 몰라

다가가지 않고 거리를 알 수 없고
들어보지 않고 무게를 알 수 없으며
안아보지 않고 온도를 알 수 없어.

먼저 다가가고
먼저 들어주고
먼저 안아주는 사람이 어른이야.

어쩌면
정말 가까워지고 싶었고
정말 말하고 싶었고
정말 안기고 싶었을지 몰라.

그래서 지금 나처럼
네가 오기를 기다리고 있을지 몰라.

* * *

조금 다투었는데 자존심 때문에 마음을 풀어주지 못한 연인에게, 얼굴 보고 인사는 하는데 아직 따듯한 인사를 못 나눈 동료에게, 얼굴만 가끔 보고 제대로 인사 못 한 이웃에게, 낯이 익은 경비 아저씨나 슈퍼 언니에게 오늘은 내가 먼저 따듯하게 인사하고 손을 내밀어 보세요. 내 마음도 그분들의 마음도 따듯해질 거예요.

마음 작다고 혼내지 말라

키 작다고 혼내지 않듯
마음 작다고 혼내지 말아라.

누군들 키가 작고 싶고,
누군들 마음이 작고 싶었겠는가?

잔소리한다고 키가 크지 않듯,
잔소리한다고 마음이 크지 않으니

키를 키우는 것은
결국 음식이요,

마음을 키우는 것은
결국 칭찬밖에 없음을 기억해라.

어른의 말

'그러면 안 되지!' 하지 말고
'오죽했으면 그랬을까' 해 주세요.

'나를 무시해?' 하지 말고
'너도 힘들었구나' 해 주세요.

나쁜 게 아니라 아파서
몰라서가 아니라 힘들어서
서로에게 상처를 주니까요.

어른이 되었다는 건

화가 안쓰러움으로
바뀌고 있다면 어른이 된 거야.

욕하는 사람은 성숙하지 못했던
어린 시절의 나 같아 안쓰럽고

짜증 내는 사람은 모든 게 버거웠던
젊은 시절의 나 같아 안쓰럽고

고집부리는 어르신은 언젠가 마주할
나이 든 나 같아 안쓰럽다면

이제 어른이 된 거야.

그래서 모든 사람을 안아주고 싶고
안아줄 수 있다면 이제 너는 어른이 된 거야.

***

밉고 원망스럽던 사람들, 원수같이 느껴졌던 사람들, 나를 힘들게 했던 그 사람들이 어느 날, 다 안쓰럽게 느껴지는 날이 있어요. '나이만 먹었지. 그들도 다 힘들고 미숙한 사람들이었구나' 하며 안쓰러운 생각이 들어요. '언젠가의 나처럼 그들도 몰라서, 그들도 힘들어서 그랬겠구나'라는 마음이 올라오지요.

이런 마음이 든다면 마음에 여유가 생겼다는 거고, 그래서 그들을 마음으로 이해하고 안아줄 수 있게 된 거예요. 그건 경제적으로 시간적으로도 여유가 생긴 때일 수도 있고, 오히려 내가 많은 걸 잃고 내려놓았을 때 찾아오기도 하지요.

그때는 그들이 아닌 내 마음에 평안이 찾아오고, 세상이 좀 더 아름답게 느껴질 거예요. 오늘은 불편했던 한 사람을 떠올리고 안쓰러운 마음으로 바라보는 연습을 해봐요.

잊지 말아야 할 두 가지

잘 알면서
잘 잊는 두 가지.

사람을 위로하는 건
말을 하는 게 아니라
말을 들어주는 것.

사람을 바꾸는 건
지적이 아니라
칭찬이라는 것.

좋은 친구

좋은 친구는 필터가 있어
나쁜 말은 거르고 좋은 말만 전하고

그냥 친구는 필터가 없어
나쁜 말도 그대로 전하며

나쁜 친구는 필터가 썩어
좋은 말도 이상하게 전한다.

* * *

말은 한 사람보다 전한 사람이 더 큰 문제를 만들어요. 전해서 좋지 않은 말은 혼자서 덮는 것, 전해서 서로 좋은 말만 기쁘게 전하는 것, 이것이 좋은 친구의 첫 번째 조건이 될 거예요.

어른이란

어른이란,

늘 따듯하게 안아주는 사람이 아니야.

그건 경전에나 나오는 사람이지.

사람이 그렇게 늘 따듯하기만 하면

사막처럼 자기 내면이 말라 가거든.

진짜 어른은 그냥 날씨 같은 거야.

어느 날은 따스하기도,

어느 날은 흐리기도,

어떤 날은 비 오고 천둥이 치기도 하고.

어느 날은 뜨겁다가

어떤 날은 추운 한파가 몰아치기도 하지.

그런 시간과 계절 속에서

꽃을 피우고 열매도 맺어 가는 게 어른이야.

그저 조금 더 봄을 빨리 보기 위해,
조금 더 꽃을 오래 피우기 위해 노력할 뿐이지.

너의 나이

어떤 일까지 할 수 있는지가 너의 연봉을 정하고,
어떤 사람까지 안아 줄 수 있는지가
너의 나이를 정하는 거야.

하고 싶은 일만 하는 건 애고,
해야 할 일을 해내는 게 어른이며,
좋은 사람만 안아주는 건 애고,
아픈 사람까지 안아주는 게 어른이야.

힘이 나서 하는 게 아니라,
하다 보면 힘이 난다는 것을
어른들은 알게 되지.

그렇게 어른이 되면,
애들 말과 평가에 신경 쓰지 않고
내 삶을 살게 되는 거야.

***

우리가 매일, 매 순간 어른으로 살 수는 없어요. 그런 삶은 너무 버겁고, 나를 학대하는 것이니까요. 그래도 하루에 한두 번은 어른인 척 노력하고 연기도 해봐야 나잇값을 하게 되겠지요.

오늘은 나를 힘들게 하는 사람 편이 되어 보세요. 그 사람이 나를 미워해서가 아니라, 그 사람도 인정받고 싶어서 그랬구나 하고 용서해 주세요. 오히려 '내가 그 사람을 아프게 했구나' 생각해 주세요.

그렇게 용서해 주고 내 마음을 평온하게 가져보세요. 물론, 용서한다고 그 사람과 가깝고 친하게 지내라는 건 아니에요. 그 사람과 어떤 사이로 지낼 건지는 내가 그 사람과 더 원하는 관계가 뭔지 마음을 살펴보고 정하시면 돼요.

멈출 줄 알아야 어른

안 먹는 것보다 조금 먹는 게 어렵고
말 안 하는 것보다 조금 말하는 게 어렵다.

잘 참았다가 한번 무너지면 걷잡을 수 없다.

서 있는 마차 미는 것보다
달리는 마차 세우는 게 어려운 법이니

진짜 어른은 안 하는 게 아니라
멈출 수 있는 사람이다.

잘못을 안 하는 게 어른이 아니라
아이에게도 용서를 구하는 게 어른이고

고집이 없는 게 어른이 아니라
고집을 꺾고 남을 따를 줄 아는 게 어른이다.

어른 자격시험 1

Q. 힘들 때 내 마음을 표현 방법으로 맞은 것은?

① 너는 내가 왜 힘든 줄은 아니?

② 내가 너만 보면 속이 터진다.

③ 내가 벽 보고 말하는 게 낫지

④ 나 요즘 많이 힘들어. 조금만 안아줄래?

⑤ 자식 복 없는 게 서방 복도 없다더니

Q. 힘들어하는 친구에게 해야 하는 말은?

① 너는 도대체 언제 안 힘드니?

② 남들 다 겪는 거 유난 좀 떨지 마!

③ 어차피 다 지나갈 거야.

④ 얼마나 힘들었니? 알아주지 못해 미안해.

⑤ 너만 힘드니? 난 더한 것도 했어.

Q. 싸움이 반복될 때 가장 좋은 해결책은?

① 처음 싸울 때 완전히 기선을 제압한다.

② 가장 싫어하는 말과 행동으로 공격해서 싸우고 싶지 않게 한다.

③ 가장 아픈 약점과 단점을 말해서 내가 얼마나 힘든지 알게 한다.

④ 평소 마음을 알아주고 안아주는 연습을 많이 한다.

⑤ 싸움 매뉴얼을 정한다.

***

정답은 ④, ④, ⑤입니다. 만약 ④, ④, ④으로 골랐다면 틀렸습니다. 싸움을 시작했다면 '마음 알아주기'로 해결되지 않습니다. 얼마나 힘들고 아픈지 알게 하려고 상대의 가장 아픈 곳을 찌르고, 싫어하는 행동을 하며, 점점 싸움의 강도는 격해집니다. 그러다 노력하는 자신이 바보라고 생각하며 대화가 단절됩니다. 그렇게 마음은 점점 멀어지고 서로를 포기하게 됩니다.

평소 마음을 알아주고 표현하는 연습도 중요하지만, 싸움을 시작했다면, 더 바닥으로 가거나 거칠어지지 않기 위해, 서로의 싸움 패턴을 이야기하고 조율해서 문자나 서류로 남겨 놓아야 합니다. 싸움을 방지하는 규칙도 싸움을 해결하는 방법도 상의하고 정해야 합니다.

나라에도 헌법이 있듯이 연인 사이에도 인연을 지키기 위한 매뉴얼이 있어야 합니다. 그것이 정성이고 노력입니다. 그것이 배운 사람이고 어른입니다.

아이랑 싸운다면 너도 아이

누구랑 싸우느냐가
너의 크기야.

아이랑 싸운다면
아직 아이고,

자신과 싸운다면
이제 어른이야.

어른의 기준 열 가지

1. 감정이 올라올 때 휘둘리지 않고
   감정을 선택할 수 있는 사람이다.
2. 자신의 행동에 책임지는 사람이다.
3. 약자의 아픔을 안아주는 사람이다.
4. 친구의 단점을 감싸주는 사람이다.
5. 아이의 말에서도 배우는 사람이다.
6. 경제와 일상에서 독립된 삶을 살 수 있는 사람이다.
7. 아무도 보지 않을 때 스스로 잘 해내는 사람이다.
8. 감당하지 못할 것을 구분하고 거리를 둘 줄 아는 사람이다.
9. 내가 옳더라도 웃으며 굽힐 줄 아는 사람이다.
10. 나와 완전히 반대되는 이야기를 들을 줄 아는 사람이다.

잘하고 있는 건 칭찬해 주시고,
부족한 건 조금씩 채워나가 주세요.

어른 자격시험 2

똑똑한 어른이 되기 위해서는 자신의 (A)을 키워야 하지만, 소통하는 어른이 되기 위해서는 (A)을 줄이고 (B)을 키워야 합니다.

(B)을 키우기 위해서는 평소에도 가족이나 친구에게 자신의 (B)을 말하고, 상대의 (B)을 물어보는 연습과 함께 대화를 시작할 때 앞에 (C)를 넣는 연습을 하면 큰 도움이 됩니다.

***

정답은 A=생각, B=느낌, C=감탄사입니다. 2개 이상 맞추었으면 합격입니다. 예전에는 지식과 효율이 중요했고, 그것이 어른의 기준이 되었어요. 느낌을 말하고 나누는 것은 부끄럽고 쓸데없는 일이었지요. 여자의 웃음소리가 담을 넘으면 안 되었고, 남자는 태어나 3번만 울어야 한다고 했을 정도니까요.

'괴로워도 슬퍼도 나는 안 울어'라는 동요 가사가 당연하게 느껴지던 시대에서 요즘은 느낌을 말하고 소통하는 것이 가장 중요한 시대로 바뀌었어요.

아프다고 말하고, 힘드냐고 물어보고, 하늘 보고 '와~' 하고 감탄하는 것이 건강한 어른의 가장 중요한 덕목이 되었어요. 그런데, 아직도 이게 뭔지 어떻게 해야 하는지 몰라서 힘들어하시는 분들이 많아요.

모르겠으면, 일단 말을 시작할 때, 무조건 '우와~, 아~, 오~, 이야~' 하고 감탄사를 넣는 연습을 해보시고 '기쁘다, 슬프다, 힘들다, 설렌다, 뿌듯하다' 등의 느낌 표현 단어를 많이 써보시길 바라요. 어느 날 내 마음도 가족들의 마음도 더 말랑해져 있을 거예요.

어른 되는 연습 1

세상의 잡것들이 쏟아질 때
입술 모서리를 들어 올려라.

펼쳐진 우산이
빗소리를 감상할 수 있게 하듯

펼쳐진 미소가
잡소리를 감상할 수 있게 한다.

어른 되는 연습 2

요즘 가장 짜증 나는 일을 떠올려라.

1. 그 일보다 더 최악의 경우를 생각하고 "그나마 다행이다"라고 말해라.

2. 그럼에도 그 일 때문에 좋은 점 3개를 찾아라.
   '더 최악이 되지 않는 것'
   '그럼에도 지켜진 것'
   '이 일로 내가 배우고 성장한 것'

3. 이미 일어난 일 때문에 힘든 게 아니라, 그 상황을 받아들이는 내 마음 때문에 힘든 것을 알아차려라.

4. 이 또한 지나가고 나면 이 또한 감사한 일이구나 생각하며 미소를 지어라.

아파서 다행이다

교사는 알아야 하고
어른은 아파야 한다.

교사는 아는 만큼 가르칠 수 있고
어른은 아픈 만큼 안아줄 수 있으니

어른은 진열장의 조던 운동화가 아니라
짙은 색의 꼬질꼬질 크록스여야 한다.

* * *

며칠 전에 한숨조차 쉬어지지 않고, 머리가 굳어버린 것처럼 멍해지는 힘들고 막막한 일을 생겼는데, 그 순간 이런 생각이 들었어요.

'아~ 내가 이런 아픔들을 겪어왔고 겪고 있기 때문에 아픔을 표현하고 위로를 해 줄 수 있는 글을 적을 수 있는 거였구나. 남의 이야기를 전하는 게 아니라 내가 경험한 것이기에 더 잘 적을 수 있었구나.'

아파봐서 안아줄 수 있고, 실수해서 이해할 수 있다니, 감당할 수 없는 아픔, 남을 해치는 실수만 아니라면 어른은 아프고 실수해서 참 다행입니다.

어른이 지난 자리

어른은 지난 후에 알게 된다.

그곳이 내가 오기 전보다
한 군데라도 더 깨끗해져 있고

그 사람이 내가 만나기 전보다
한 번이라도 더 웃고 있고

이 세상이 내가 오기 전보다
조금 더 따듯해졌다면

나는 어른이다.

어른이 만드는 세상

돈 번 사람이 잘 사는 게 아니라
잘 사는 사람에게 돈이 가는 세상.

힘 있는 사람이 존경받는 게 아니라
존경받는 사람에게 힘이 가는 세상.

목소리 큰 사람이 아니라
묵묵히 일하는 사람이 인정받는 세상.

잘 싸우는 전사보다
잘 들어주는 천사가 영웅이 되는 세상.

이런 세상을 만들어 가는 게
어른의 선택이고 책임이다.

어른의 나이

어른의 나이는
지나온 세월만큼이 아니라
견뎌온 시간만큼이다.

그저 세월만 보냈다면
마흔을 살았어도
스무 살 풋내기다.

주저앉고 싶을 때
두 발로 걸은 수만큼
스무 살에 더해지고

상처 준 사람까지
가슴으로 안아 준 만큼
서른 살에 더해지며

나도 부족하지만

기꺼운 마음으로 나누어 준 만큼

마흔 살에 더해진다.

서른은 가끔 만나지만

마흔은 찾기 힘든 세상이다.

그런 어른이 참 좋았습니다

그런 어른이 참 좋았습니다.
그런 당신이 참 좋았습니다.

환하게 웃는 모습에서
작은 상처쯤은 먼지처럼 털었을
당신의 밝음이 보여 좋았습니다.

먼저 손 내미는 모습에서
한 사람 한 사람 챙기며 살아왔을
당신의 따듯함이 보여 참 좋았습니다.

끝까지 남아 있는 모습에는
모든 일에 진심을 다하는
당신의 성실함이 보여 더 좋았습니다.

웃는다고 가벼운 게 아니고

먼저 다가간다고 부족한 게 아니며
끝까지 있는다고 아쉬운 게 아니라는 걸
알게 해 주어 좋았습니다.

그런 어른이 참 좋았습니다.
그런 당신이 참 좋았습니다.

제 6 장

"서로를 부를 때
'배우자'라고 하는 건
'고치자'라고 하면
함께 살 수 없어서예요."

가족

하나

세상에서 가장 슬픈 일

세상에서 가장 슬픈 일

세상에서 가장 슬픈 일은
가장 아픈 순간에
가장 아픈 사람끼리
상처를 주고받는다는 것이다.

서로의 아픔을
가장 잘 아는 사람끼리
서로의 위로가
가장 필요한 사람끼리
상처를 주고받는다는 것이다.

가장 소중한 사람끼리
가장 가까운 사람끼리
상처를 주고받는다는 것이다.

천국과 지옥

지옥이란
나쁜 일 하면 가는 곳이 아니라
가장 가까운 사람을 원망하며
매일 상처를 주고받는 곳이고

천국이란
착한 일 하면 가는 곳이 아니라
가장 가까운 사람을 사랑하며
매일 마음을 주고받는 곳이다.

***

어릴 적 천국과 지옥에 대해 들은 적이 있어요. 사실 천국과 지옥은 환경이 똑같은데 두 곳 다 먹을 것이 많은 대신 혼자서는 못 먹을 만큼 숟가락이 길대요. 천국은 서로 잘 먹여줘서 행복하고 지옥은 서로 먹으려고 싸우는 곳이라고 들었어요. 어쩌면 천국이나 지옥이 환경이 다른 게 아니라 서로의 마음이 다른 곳일 수 있고, 나중에 가는 곳이 아니고, 지금 우리가 사는 곳일 수 있어요. 나중에 가는 곳이라고 해도 지금 사랑하는 사람과 행복하게 지내지 못하는 사람이 갑자기 그곳에서 사랑하는 사람과 행복하게 지낼 수는 없을 거예요. 거기라고 갑자기 모르는 연예인을 우리 옆에 두진 않을 테니까요. 그러니 지금부터 가장 소중한 사람과 행복하게 지내는 연습을 꼭 해주세요. 그렇지 않으면 영원히 나에게 행복은 없을지도 몰라요.

자신에게 모진 사람

자신에게 모진 사람이
자식에게 모질게 하고,
자신에게 엄한 사람이
자식에게 엄하게 한다.

좋은 것만 물려줘도 부족한데
끔찍하고 괴로운 걸 물려준다.
우리 세대에 굶주림을 끝냈듯
우리 세대에 모진 것도 끝내야 한다.

이제는 자신에게 너그러워도 된다.
이제는 자식에게 너그러워야 한다.

***

모진 시대를 살면서 최선을 다해 자신을 괴롭히며 산 것이 습관이 되어, 자식을 똑같이 괴롭히는 부모들을 볼 때마다 힘들게 살아온 그분들의 삶이 보이고, 힘들어할 아이들이 보여서 참 마음이 아픕니다.

이제는 시대가 바뀌었으니 배우고 알아야 합니다. 뭘 잘못하는지도 모르고 그저 최선을 다하는 사람들이 사랑하는 법을 배워야 합니다. 자신에게 너그럽고 자식에게도 너그럽게 대하는 법을 배워야 합니다.

나이 들면 어른이 되는 줄 알았어요

나이 들면 어른이 되고
아이 낳으면 부모가 되는 줄 알았는데

어른이 된다는 건
대학입시보다 직장생활보다
더 어렵다는 걸 이제 알았어요.

입시만큼 사랑을 준비하고
직장만큼 가정에 노력해야 한다는 걸

세월이 많이 지난 후에야
이제 조금 알게 되었어요.

남에겐 쉬워도 남편에겐 어렵다

남에게 친절한 건 쉬워도
남편에게 친절한 건 기적이고

손님에게 열 번 참는 건 쉬워도
아이에게 열 번 참는 건 기적이다.

포장은 쉽고 진심은 기적이니
포장 잘하면 먹고는 살지만

기적이 없으면 행복이 멀다.

원망의 책임

'네가 나를 이렇게 만들었잖아.'

'너 때문에 내가 이렇게 됐어.'

막상 헤어지지도 못하면서 상대를 탓하고 원망합니다. 그 사람 때문에 설렜고, 그 사람 덕분에 행복했는데, 내가 희생했고, 내가 피해자라고 말합니다. 과연 누구의 탓일까요? 둘 중에 내가 더 어른이라고 생각하는 사람이 있다면, 그 사람이 더 감싸주고 이끌어 주지 못한 책임이 더 큽니다.

내가 마음이 여려서 더 믿고 의지했다면 미숙한 사람 또한 미성숙한 자신에 대하여 책임을 더 크게 느껴야 합니다. 둘 다 친구처럼 지냈다면 똑같이 서로의 책임을 느끼고 인정해야 하고요.

탓하는 사람이 가장 부족한 사람이고, 탓하는 사람이 가장 책임이 많은 사람입니다. 무엇이 문제이고 무엇이 부족한지 아는 사람이기 때문입니다.

그래도 그나마 서로가 있었기에 여기까지 올 수 있었던 좋은 것들을 떠 올리고, 서로가 좋아질 방법을 생각해서 여태까지 노력한 것처럼 한 번 더 힘을 내어 주세요. 가능성이 있는 사람이라면 한번 더 따듯하게 안아주세요.

배우자 고치자

서로를 부를 때

'배우자'라고 부르는 것은

서로를 '고치자' 하면

함께 살 수 없기 때문이다.

가족은 나의 작품

가족은 나의 작품이고
연인은 나의 거울이다.

천사가 되었다면
사랑을 주었다는 거고

독사가 되었다면
원망을 주었다는 거다.

가끔 그러는 건 봐주기

가끔 보기 싫어도
그냥 델꼬 살아라.

맨날 보기 싫다던
뱃살도 38년째
델꼬 살지 않느냐?

짜증의 고수

짜증을 내는 것도 실력이라
꾸준히 연습하면
엄청난 고수가 된다.

어떤 상황에서도
짜증을 낼 준비가 되어 있고,
웬만한 일에는 습관처럼 짜증을 낸다.

가정마다 재야의 숨은 고수가
오늘도 실력을 키워나간다.

우리 집이 짜증 맛집이 되기 전에
고수를 잠재울 사랑의 묘약을 써야 한다.

꼬라지 배틀

사촌기 막내에게

꼬라지 부리지 말라며

더 꼬라지 부리는 당신은

남 방귀는 냄새고

자기 방귀는 향기인 줄 아시나요?

진짜 나쁜 놈

진짜 나쁜 놈은 약한 사람에게 힘쓰는 놈이고,
더 나쁜 놈은 가까운 사람에게 힘쓰는 놈이며,
제일 나쁜 놈은 가족에게 힘쓰는 놈이다.
밖에서는 미소 짓고, 안에서는 성질내고…

남들에겐 친절해도
가족에겐 막 대하는 놈은
나쁘고, 나쁘고, 나쁘다.
가족은 아프고, 아프고, 아프다.

* * *

남에겐 냉정해도 가족에겐 친절하고, 밖에선 무뚝뚝해도 가족에겐 미소 짓는다면, 온 세상 아이가 행복하고 온 세상 가족이 평온할 텐데…

애 볼래, 출근할래?

애 볼래?

출근할래?

엄마니까 해야 하면

아빠니까 너도 하고,

집에 오면 쉬고 싶다면

내 집은 도대체 어디니?

더 힘든 거 알면서

돈 번다고 유세 떨 거면

조선시대로 돌아가라.

맞아도 싼 사람은 너뿐

맞아도 싼 사람은 없다.

맞아도 싼 사람이 있다면

그렇게 말하는 너뿐이다.

***

요즘 같은 시대에도 배우자나 자녀에게 과격한 행동이나 폭력을 사용하는 사람이 있어요. 반려견을 때려도 비난받고 처벌받는 시대에 밖에서는 멀쩡하고 친절한 사람이 가정에서는 몰래 숨어서 나쁜 짓을 하는 거지요.

물론, 그 사람도 아픈 사연이 있겠지만, 돌이킬 수 없이 그렇게 나쁜 사람이 되었다면 나 자신과 내 아이를 위해 미련 없이 보내주고 처벌받게 해야 해요. 그것이 그에게도 그나마 더 이상 나쁜 길을 가지 않게 도와주는 기회가 될 수 있어요.

아빠도 넘어질 수 있어

요즘 힘들다며 짜증이 많아진
스무 살의 네가
아빠도 넘어질 수 있고
아빠도 기대고 싶다는 걸 알았으면

아빠는 내 마음 모른다며
할 일이 너무 많아 바쁘다는 네가
아직 책임질 가족에 할 일도 많은데
나이까지 들어 서럽고 외로운
아빠의 마음을 알아줬으면

오랜만에 전화하면
잠깐만 하고 딴말하는 네가
몇 번이나 망설였다 전화하는
소심한 아빠의 마음을 알아줬으면

오늘같이 힘든 날이면

부질없는 기대를 한다.

슈퍼맨은 힘들어

돈 벌어다 주고
용돈 받을 때 눈치 보고
주중엔 청소기 돌리고
주말엔 요리도 하고

힘들다고 말했더니
대화법을 모른다며
아직 멀었다고 한다.

좋은 남편 포기 전에
내 마음도 챙겨줘라.

***

만남은 인연이고 관계는 노력이라 하는데, 요즘은 노력하는 남편들이 참 많아요. 심할 정도로 남편이 만능 슈퍼맨이 되기를 강요하는 분위기도 있을 정도니까요. 어느 한쪽의 희생은 오래가기 힘드니, 한 사람이 한발 다가가면 상대방도 한 발은 다가오고, 한 사람이 한 개를 포기하면 상대방도 하나를 포기하며 균형 있게 서로를 존중하는 사이가 되기를 바라요. 우리는 서로의 마지막을 지켜줄 소중한 배우자니까요.

둘

내가 먼저 되어주기

내가 먼저 되어주기

그가 최수종이길 바라기 전에
내가 하희라인지 살펴라.

네가 티브이 보며 한숨 쉴 때
그는 너를 보며 절망한다.

가까우면 곱하기 백

현미경으로 봐서
이쁜 사람이 어디 있고,
매일 봐서 질리지 않는
꽃이 어디 있으랴.

성인군자도
가족에겐 단점투성이고
절세 미녀도
같이 살면 설렘 사라지니.

가족의 장점은
곱하기 백 해야 하고,
가까운 사람의 단점은
나누기 천 해야 한다.

***

성인군자도 동네에서는 인정받지 못하는 법이고, 늘 남의 떡이 더 커 보인다고 하잖아요. 밖에서는 인정받고 처음 봤을 때는 멋진 사람이라도 같이 살면 단점이 더 크게 보이게 마련이에요.

그럴 때마다 얼마나 멋진 사람인지 생각하고 장점을 크게 보는 연습을 정기적으로 해야 해요. 얼마나 고맙고 소중한 사람인지 나 자신에게 알려주는 시간을 가져야 해요.

가족 앞에 자신 있는 사람 없다

도(道) 닦는 스님도
일상에서는 지치고,
기도하는 목사님도
가족 앞에서는 무너진다.

남 얘기는 쉬워도
내가 하면 다르고,
가끔은 잘 할 수 있으나
매일 잘하는 건 사람이 아니다.

그러니 자식 일로 아파하고
부모 일로 힘들어하는 사람에게
충고하는 입은 꿰매 버리고
손이나 꼭 잡아주어라.

사랑한다면 날을 잡아라

매번 다 들어주려면
쓰레기통이 되어야 하고,
매일 깨끗이 치우려면
청소부가 되어야 한다.

그렇다고 미루고 쌓아 둘 수 없으니
정기적으로 날을 잡아야 한다.

한 달에 한 번 대청소하듯
한 달에 한 번 속마음을 나누고,
한 달에 한 번은 여행을 가야 하듯
한 달에 한 번은 부모님을 뵈어야 한다.

지켜야 할 소중한 것이 있다면
그것을 위한 날을 잡아라.

부부가 서로 잊지 말아야 할 것

세월에 덮여 잊힌 24살,
야구모자 쓰고 환하게 웃던 그날의 미소.
멀리 있어도 달려가고, 늦은 시간에도 나타나던 그 시절,
뜨거웠던 마음.

손편지 쓰고 선물 주며,
좋아하는 모습만으로 행복했던 그날의 마음.

함께 하기로 한 날,
소중하게 아끼며 알콩달콩 살겠다고 약속했던 마음.

한 아이의 엄마 아빠가 되어 눈물 나게 벅찼던 그날,
서로에게 다짐했던 마음.

철부지로 지냈을 그 나이에,
어른 노릇 하려 삶의 정거장마다 힘쓰고 견뎠던 마음을

잊지 말아야 한다.

그 시절, 얼마나 귀엽고, 얼마나 설레었고,
얼마나 뜨거웠던 사람이었는지 잊지 말아야 한다.

부모님보다 오래 함께하고,
아이들이 떠나도 곁을 지켜줄 사람,
내 젊음의 증인이자 삶의 동반자를,
삶의 무게를 핑계로 무관심으로 대하고 있다면,
삶의 반을 방치하는 것이다.

처음 만나던 때로 돌아갑니다

이 글을 읽으면 처음 만나던 때로 돌아갑니다.
지금의 연인, 배우자, 자녀를
처음 만나던 순간으로 돌아갑니다.

지금 함께하는 사람과 처음 만나던 때로 왔습니다.
얼마나 사랑스러운지 그 시절의
그 사람 모습을 가만히 바라봐 주세요.

그리고 요즘 우리가 어떻게 지내는지 말해주세요.
요즘 내가 그 사람을 어떻게 대하는지
당당하게 말해줄 수 있나요?

***

어젯밤 꿈에 젊은 시절의 나로 돌아가 그 시절의 어린 민지(딸)와 그 시절의 아내를 만나고, 그 시절의 엄마를 만났어요. 눈을 떴을 때, 얼마나 가슴이 먹먹했는지, 아직도 가슴 저림이 남아있어요.

그토록 보기만 해도 좋았고 눈물이 났던 아이, 더 해주고 싶고 다 해주고 싶었던 민지를 만났고, 철부지 시절 그저 나만 보고 무작정 따르던 아내를 만났고, 삶을 살아내시느라 애쓰시면서도 자식밖에 모르는 지금 내 나이의 엄마를 만났어요.

그 모습과 지금의 모습이 겹치면서 정말 미안하고 가슴 아팠어요. 내가 나이가 들었어도, 마음에는 젊고 어린 시절의 마음이 고스란히 남아있듯이, 민지도 아내도 엄마도 그 시절의 마음과 꿈이 그대로 있을 텐데, 그걸 자주 잊고 지내고 있다는 생각에 그 시절의 내 사랑과 지금의 내 사람에게 참 미안했어요.

잎이 아니라 뿌리에

나뭇잎이 마르면
뿌리에 물을 줘야 하고
아이가 문제가 생기면
부모에게 휴가를 줘야 한다.

내 갈 길도 모르는데
어찌 아이를 가르칠 수 있고
내 마음이 가시투성인데
어찌 제대로 안아줄 수 있을까?

* * *

아이들 문제로 엄마들이 상담을 요청하면, 거의 다 아이들이 안쓰러운 게 아니라 엄마가 안쓰럽게 느껴집니다. 엄마가 힘드니 아이를 제대로 안아주고 안내할 힘이 없는 거예요. 그래서 조금 들어주다 포기하고, 조금 안아주다 같이 짜증 내고 아이는 더 알아달라고 더 삐뚤어지고, 엄마는 힘은 없고 마음은 답답하니 목소리를 더 키우기만 하며 악순환의 고리가 계속됩니다.

그 굴레를 벗어나야 합니다. 그 공간, 그 패턴, 그 목소리 그 분위기를 벗어나서 새로 시작해야 해요. 엄마부터 휴가를 떠나고 쉬면서 여유를 찾고 아이의 소중함과 귀함을 느껴야 해요.

그리고 아이와 같이 둘만의 여행을 가보세요. 고치려 말고, 혼내려 말고, 그냥 즐기고 누리다 보면 마음이 풀리고 서로의 마음이 보이게 될 거예요. 서로 마음에서 우러나서 미안하고 고마운 마음이 들면 아주 조금씩 서로가 다가갈 수 있을 거예요.

오랫동안 쌓인 게 있다면 한 번에 풀릴 거라는 기대는 마세요. 더 나빠지지 않으면 좋은 신호이고 조금씩 좋아진다면 엄청난 진전이니까요.

짝꿍에게 미안할 때 하는 말

나만 힘든 줄 알았어요.

나만 아픈 줄 알았어요.

나만 외로운 줄 알았어요.

알아주지 못해 미안해요.

나 맞춰주며 살아줘서 고마워요.

내 옆에 있어 줘서 고마워요.

아이의 모습은 외면했던 내 모습

아이 얼굴의 검댕은 아이가 씻지 않아서가 아니라
부모 손의 검댕 때문이고,
아이 다리가 약한 건 아이가 운동을 안 해서가 아니라
부모가 업고 있기 때문이다.

아랫물이 탁하면 윗물을 살펴야 하니 아이가 아프다면
부모가 아프지 않나 먼저 살피고,
아이가 예민하다면 부모가 예민하지 않나 먼저 살펴라.

아이의 아픈 모습은 아이가 만든 모습이 아니라
외면했던 나의 모습이다.

아이는 아이스러운데

애들한테 가만히 있으라고 하는 건
당신한테 까불라고 하는 것과 같다.
아이는 아이다운 데 어른이 어른답지 못한 거다.

조용한 사람에게 말 좀 하라는 건
말 많은 당신에게 조용히 하라는 것과 같다.
그 사람의 평안을 당신의 기준으로 침범하는 거다.

그 나이와 그 모습에
어울리는 소리와 모습이 있다.
아이는 아이다울 때
어른은 어른다울 때
당신은 당신다울 때 아름답다.

어른다운 아이는 안쓰럽고
아이 같은 어른은 안타깝다.

아이를 보며 잊지 말아야 할 것들

첫 만남, 그 조그만 모습에 얼마나 벅찼었는지,

첫걸음, 그 아이의 한 걸음을 얼마나 손뼉 치며 응원했는지,

첫 등교, 가방을 맨 뒷모습에 얼마나 가슴 졸이며 뭉클했는지,

자는 얼굴에 가만히 있지 못하고, 얼마나 안아주고 입맞춤했는지,

눈을 마주칠 때마다 웃고, 만날 때마다 안아주며,

얼마나 귀하게 키웠는지 잊지 말아야 한다.

지금은 티베트 여우같이 뚱한 표정으로

휴대폰을 보고 있어 주먹을 불러도

그 아이가 얼마나 사랑스러운 아이였는지 잊지 말아야 한다.

방문이 닫힌 아이

방문이 닫힌 아이는

마음이 닫힌 아이니

더 기다려주고

더 안아주세요.

당신이 머무는 곳에 아이가 머문다

아이가 바라보는 곳은
당신이 가르치는 곳이 아니라
당신이 머무는 곳이다.

제발 공부 좀 하라고 소리치면
공부가 아니라 소리치는 걸 배우고
뭐든 해도 된다고 하면
막 사는 게 아니라 배려를 배운다.

상처

강요당하기 싫다면
강요하지 말아라.

엄마에겐 당연한 삶이라도
내가 받아들일 수 없듯이
나에겐 당연한 삶이라도
아이가 받아들일 수는 없다.

가족에게 받는 강요가
가장 큰 상처가 되니,
강요당하기 싫다면
강요하지 말아라.

엄마의 아빠가 될게요

제가 다시 태어나면 엄마의 아빠가 되어 받은 사랑 돌려드릴게요. 너무 어릴 때부터 살림 걱정하며 일만 하셨던 엄마를, 실컷 놀고 몰래 들어오는 어린애로 살게 해 드릴게요. 일찍 좀 들어오라고 잔소리하면 이번만 봐주라며 애교 섞인 목소리로 제 마음을 녹여주시겠지요.

음악만 나오면 손뼉 치고 노래하는 엄마에게 노래도 춤도 배우게 해드릴게요. 얼마나 신나게 노래하고 춤추실지 눈에 선해요. 아마 지금 제 딸보다 더 환호하며 노실 거 같아요. 엄마가 그렇게 노는 모습을 보면 저는 조금 빚을 갚는 것 같아 마음이 뿌듯하고 먹먹할 거예요.

일곱 살, 눈이 멀기 전에 청주 가서 보았다던 벚꽃 얘기를 100번도 더 하시는 엄마, 그때 촌년들 나왔다고 청주 애들에게 놀림을 받았다고 했지요. 제가 아빠가 되면 누구도 무시하지 못하게, 누가 봐도 멋진 브랜드 옷으로 깔맞춤해서 유럽 여행도 보내 드릴게요. 분명 그 서글서글하신 성격에 여행 가서 외국 친구도 많이 사귀실 거예요.

학교에 가시면 제가 유난 좀 떨게요. 바짓바람 날리며 얼마나 귀한 집 자식인지, 얼마나 사랑받는 딸인지, 온 학교가 다 알게 해 드릴게요. 과일은 썩을 때까지 아껴 먹고, 비가 오면 그 물이 아깝다고 양동이로 받으시는 엄마를 과일 한입 먹어보고 맛없으면 버리고, 태그도 안 뗀 브랜드 옷도 색이 안 맞으면 바로 버리는 조금은 이기적인 깍쟁이로 키울게요. 저는 돈 좀 아껴 쓰라고 잔소리하면서도 속으로는 참 흐뭇할 거예요.

연애 한 번 못 하시고 쫓겨나듯 결혼하신 엄마에게 연애도 많이 하라고 가르칠게요. 부모는 나 몰라라 신경도 안 쓰고, 방은 난장판 만들어 놓고 남친에게 잘 보이려 꽃단장하고 나가는 뒷모습을 보면 그제야 저는 웃을 수 있을 거 같아요. 엄마에게 받은 사랑을 조금은 갚은 것 같아서 행복할 거 같아요.

그래서 다시 태어난다면 저는 엄마의 아빠로 태어날래요.

***

일곱 살, 어느 날 눈을 떠도 세상이 까매서 한없이 울기만 했다던 우리 엄마, 그렇게 앞을 못 보게 되신 엄마가 같은 처지의 아빠를 만나 4남매를 낳았고, 혼자 빨래 청소 다 하시고 도시락 싸서 보내면서 저희를 키우셨어요. 상상도 못 할 일이지요.

아빠를 일찍 먼저 보내드리고 이제는 허리가 완전히 굽으셔서 제대로 서지도 못하시는 엄마가 기억이 예전 같지 않아서 음식도 잘 찾지 못하시는 걸 보면 가슴이 무너져요. 그리고 너무나 다르게 큰 제 딸을 보면 엄마에게 너무 미안해집니다.

엄마는 어떻게 저 세월을 견디셨을까? 억울하지도 않으실까? 그래서 삶이 조금은 공평해지려면 다음 생은 내가 부모로 태어나서 이 사랑을 조금이라도 갚을 수 있다면 좋겠다고 생각하게 되었어요.

엄마를 안아 드립니다

먹을 게 넘쳐도 남기지 못하고
방이 추워도 보일러도 못 돌리며
외롭고 힘들어도 괜찮다고만 하시는
당신을 안아 드립니다.

감정조차 사치였고
방황할 시간도 없이
하고 싶은 건 나중에 하고
갖고 싶은 건 돈 벌면 사고

당신을 챙기는 건
애들 큰 다음에 하겠다며
모질 게 사신 당신을 안아 드립니다.

이제는 마음이 굳어
습관을 바꾸지도 못하시고

이제는 몸도 굳어

아픈 것만 남으신

엄마, 당신을 안아 드립니다.

엄마의 숙제 검사

같은 소리 골백번 하시며
경청을 훈련시켜 주시고,
음식도 물건도 쌓아 놓으시며
정리하게 해 주신다.

고집은 나이만큼 세지셔서
인내심이 뭔지 알게 해 주신다.

엄마가 나 얼마나 잘 컸는지
검사하시나 보다.

엄마의 마음에는 내일이 없어

늙은 오늘은 기억하기 싫으신지
아침 반찬도 기억 못 하시고

없는 내일은 상상하기 싫으신지
말씀도 안 하시며

오십 년 전 일은 새기고 싶으신지
엊그제 일처럼 백번을 말씀하신다.

지금의 딸에게, 미래의 나에게

"다녀왔습니다" 인사를 하고 엄마를 보니, 또 누워 계셨다. 일이 많았던 날이라 그냥 씻으러 갈까 하다가 이렇게 또 하루를 넘기면 엄마 다리가 더 약해지고, 허리가 더 힘이 없어질 거 같아 엄마 손을 잡고 운동을 시작했다.

평소에도 힘이 없고 눈이 잘 안 떠져서 운동 못 한다고 하셨다가도 막상 시작하면 잘하시고, 하고 나면 식사도 더 잘하시기 때문에 내가 귀찮고 엄마가 싫다고 하셔도 억지로 운동을 시키는 데, 오늘도 그랬다. 다리에 힘이 없어서 못 한다고 하셨지만, 아들 소원이라고 열 걸음만 걸으면 힘이 생길 거라고 달래며 시작했다.

김치냉장고를 잡고 제자리걸음을 서른 번 하고, 조금 쉬었다가 구령에 맞추어 다시 서른 번을 했다. 처음에는 힘들어하시다가 구령에 맞추어 같이 하실 때는 제법 힘차게 하셔서 뿌듯했다. 문제는 방에 들어가셔서 하신 말씀이었다.

예순 번이 무척 힘드셨는지, 아들에게 짐이 되는 게 미안하셨는지, 방에 들어가 앉으시며 말씀하셨다.

"이젠 내가 농약 사 먹고 죽어야겠다."

엄마의 말에 속상하고 화도 났다. 엄마를 위한 마음을 몰라주시는 게 너무 가슴이 아팠다. 순간 화도 올라와서 못 할 말을 할 뻔도 했다. 힘드시면 안마 의자로 가자고 했더니 그것도 싫다고 누워 버리신 걸, 다시 손잡고 달래서 안마 의자에 앉혀드렸다.

산같이 크시고 세상 누구보다 따스했던 우리 엄마가 어린애처럼 변해 가는 걸 보니 가슴이 미어졌다.

"엄마! 엄마가 제일 좋아하시는 막내아들 가슴에 못을 박으시면 어떡해요. 이런 아들 안 났으면 어떡할 뻔했냐고 세상에 이런 아들 없다던 막내잖아요."

"어렸을 때 엄마가 저에게 귀찮아도 손 씻고 세수하라고 가르쳐주신 것처럼 저도 어린애처럼 나이 드신 엄마한테 운동하라고 가르쳐드리는 거잖아요. 그런데 이렇게 싫어하시면 어떡해요."

엄마는 미안하셨는지 너는 클 때 잔소리 한 번 할 거 없이 착하게 잘 컸다고 말씀하시며 웃으셨다. 엄마가 늙어 가시는 게 속상하고 내가 엄마에게 이런 말씀을 드리는 게 속상했다.

그런 생각에 눈물이 멈추지 않고 계속 흘렀고 호흡이 가빠왔다. 엄마가 눈치채실까 봐 숨을 죽이고 있는데, 방에 있던 딸이 나오더니 나를 가만히 안아주었다. 말을 굳이 안 해도 눈빛으로 서로의 마음이 전해졌다. 방안에서 대화를 어느 정도 듣고 있었나 보다.

딸에게 말해주고 싶었다. 이런 모습을 보며 아빠의 노년을 생각하고 미리 아파하지 말라고, 아빠는 너에게 짐이 되지 않을 테니 걱정하지 말라고.

엄마께 말씀드리고 싶었다. 엄마가 저희를 어떻게 키우셨는지 아니까 엄마는 이러시는 거 미안해하지 않으셔도 된다고, 엄마는 누리실 자격 충분히 있으시다고.

미래의 나에게 말하고 싶었다. 이 글이 책으로 나오고 시간이 흘러 여든이 되고 아흔이 되거든 꼭 다시 읽어보라고 그리고 가슴에 새기라고. 많이 힘들고 억울하고 속상하겠지만, 지금 아이들 말을 듣고 따르는 게 맞는 거라고, 내려놓을 수 있는 고집은 다 내려놓으라고.

지금의 나에게 말해주고 싶었다. 지금 제일 힘든 건 네가 아니라 엄마라고, 조금 더 따듯하고 정중하게 모셔야 나중에 엄마 보내고 네가 가슴을 덜 칠 거라고.

엄마를 모시며 드리는 기도

화내지 않게 해주세요.
미워하지 않게 해주세요.

정 떼려고 그러시는 거면
그만하게 해주세요.

언젠가 엄마를 보내고 나서
안쓰럽고 죄송해서가 아니라
그리움에 사무쳐 울 수 있게 해주세요.

엄마의 허리처럼

몸도 마음도
굳어지는 나이가 되면
굽어진 엄마의 허리처럼
아무리 노력해도
고칠 수 없는 게 있으니,

나이 어린 아기가
못 하는 걸 이해한다면
나이 많은 부모가
못 하는 것도 이해해라.

만약 세 명을 안아줄 수 있다면

만약 제가 세 명을 안아줄 수 있다면 가장 먼저 젊은 날의 엄마를 만나 안아 드리고 싶다. 우리를 먹이고 입히느라 정작 자신은 돌볼 생각조차 못 했던 그 시절의 엄마를 안아 드리고 싶다. 자식들 다 잘 크고 건강할 테니 너무 걱정하지 말고 오늘은 좀 푹 쉬시라고 말하고 싶다.

지금 생각해 보면 참 젊고 예쁠 나이에 엄마로만, 일꾼으로만 사셨던 엄마를 안아 드리고 싶다.

그다음에는 젊은 시절의 아버지를 안아 드리고 싶다. 기대고 상의할 곳 하나 없어 새벽에도 잠 못 이루시던 아버지를 만나 꼭 안아 드리고 싶다. 상처가 많아 친구 하나 없이 외로웠던 아버지와 도란도란 이야기도 나누고 싶다.

그 시절, 무뚝뚝하고 무서워서 원망까지 했던 아버지의 마음을 이제는 안아 드리고 싶다.

마지막으로 한창 젊은 시절의 나를 안아주고 싶다. 부모님께 사랑받고 주변 사람에게 인정받으려 하고 싶은 게 뭔지도 모른 채 열심히만 살았던 젊은 날의 안쓰러운 나를 따듯하게 안아주고 싶다. 네가 다 짊어지지 않아도 된다고, 조금은 쉬어가도 괜찮다고 말해주고 싶다.

어차피 세월 가면 큰일 아니니 너무 걱정하지 말라고 위로도 해주고 싶다.

감성코치의 자녀 상담

아이가 사고를 쳤어요

자녀 일로 상담받으시는 부모님을 보면 자식 둔 죄인이라는 말이 제일 많이 생각나요. 이제 겨우 사회에 적응했나 생각했는데, 아이에게 문제가 생기니 멘붕이 와서, 저에게 장문의 문자로 애절하게 부탁하고, 전화하면서도 계속 죄인처럼 울먹이는 경우가 많아요.

부모의 잘못이 있는 경우도 있지만, 교통사고처럼 부모가 어쩔 수 없는 경우가 더 많아요. 그냥 일만 하고 못 돌봐도 잘 크는 아이가 있고 아무리 신경 써도 삐뚤어지는 아이가 있어요. 자식같이 내 마음대로 안 되는 게 또 있을까요? 그러니 너무 자신을 탓하지는 말아주세요.

일단 사고가 났으면, 부모가 해야 하는 가장 중요한 일은 아이의 마음을 알아주는 일이에요. 아이의 말을 들어보면 부모의 생각과 다른 경우가 많은데, 그걸 고치려고 잔소리하면 부모에게서 완전히 마음이 떠나게 돼요. '아이가 이런 생각을 하는구나'를 안 것만으로 다행으로 여기시고 화가 나도 '이렇게 말해주니 고맙구나'라고 말씀해

주세요. 그리고 부모님 기준으로 "그래도 그건 네가 잘못했다. 이건 이렇게 해야지" 하는 말씀은 참아주세요. 이걸 참지 못해서 대화가 단절되고 관계가 악화되는 경우가 대부분이거든요. 그냥 '그래서 많이 속상했구나. 그래서 많이 힘들고 외로웠구나'라고 마음만 알아주시면 돼요.

사고가 났다는 것은 불이 난 것처럼 응급상황이라는 뜻이니 불을 끄는데 집중해주세요. 그 상황에서 잔소리하는 것은 불난 집에서 정리가 안 돼 있다고 방 정리하고 오라는 것과 같은 짓이에요. 불만 더 키우는 일지요. 방 정리는 나중에 여유가 있을 때 같이 하면 돼요.

고치려는 마음은 내려놓으시고, 부모가 119가 되어 아이가 힘든 일이 있을 때 제일 먼저 연락할 수 있게만 관계를 유지해주세요. 생각은 계속 더 달라질 수 있지만, 서로 걱정하고 아끼는 마음은 변하지 않을 테니, 그 마음만 잘 알아주고 표현해 주시면 돼요.

'이 책은 소중하게 다루지 마세요!'

깨끗하게 보지도 말고
책장에 예쁘게 꽂아두지도 말고
누구에게 빌려줄 생각도 말아주세요.

연필이나 볼펜으로 줄도 긋고
생각나는 말은 메모도 하고
기억하고 싶은 장은 접어주며,

식탁이나 화장실에 두고
언제든 펼쳐서 한 페이지를 명상하듯이 보아주세요.

물에 젖고 김칫국물이 묻어도
줄이 그어있고 메모가 되어 있는 책이 살아있는 책이니까요.

살다 보면 노력해서 좋아지는 부분이 있지만, 인생에도 봄, 여름, 가을, 겨울이 있어요. 그래서 뭘 잘못하지 않았는데 겨울이 오고, 뭘 잘한 게 없는데 봄이 오기도 해요.

그러니 너무 고민도 자만도 하지 말아요. 그저 꽃이 피면 보아주고, 벌레가 생기면 잡고, 가지가 처지면 받쳐주며 하루하루를 살아가세요.

그러다가 위로가 필요하거나 고민이 찾아오는 날, 다시 한 번 이 책을 펼쳐 주세요. 나이가 들고, 경험도 쌓이고, 상황이 바뀌면 눈에 들어오는 문구가 다르고, 가슴에 와닿는 느낌이 다를 거예요.

'당신의 삶에 따듯한 위로가 될 거예요.'

'당신의 삶에 올바른 안내가 될 거예요.'

오늘은
당신이 철부지로
살았으면 좋겠어요

초판 1쇄 발행 2024년 3월 29일
2쇄 발행 2024년 4월 22일

지은이 박대선
펴낸이 떠오름

기획 김요한
편집 권희중
디자인 한희정
마케팅 떠오름
영업관리 떠오름

펴낸곳 ㈜떠오름코퍼레이션
출판등록 제2021-000002호(2020년 4월 28일)
주소 서울특별시 성동구 왕십리로 4길 23-1, 3층 302호
전화 070-4036-4586 **팩스** 02-6305-4923
이메일 official@risebooks.co.kr

값 17,800원

ISBN 979-11-92372-59-4 03810